光文社文庫

文庫書下ろし

ちびねこ亭の思い出ごはん

ちょびひげ猫とコロッケパン

高橋由太

光　文　社

この作品は光文社文庫のために書下ろされました。

目次

白猫とおにぎり

房総特急列車　さざなみ

「さざなみ」は、東京～君津《きみつ》間を主に運転しています。小湊《こみなと》鐵道へ乗り換える五井《ごい》駅、久留里《くるり》線へ乗り換える木更津《きさらづ》駅に停車します。

ＪＲ東日本ウェブサイトより

二学期が終わった。

森下純《もりしたじゅん》は、小学五年生だ。でも、ずっと学校を休んでいる。一学期は皆勤賞だったのに、二学期は一度も行かなかった。行けなかった。

あのことがあってから、一人でいるときも、親と一緒にいるときも、小林大和《こばやしやまと》のことが頭から離れない。

大和は、純の一番の親友だ。唯一の友達かもしれない。同じクラスで、家が近くて、小学生になる前から仲がよかった。

だけど似たもの同士というわけではない。むしろ反対だ。

雪と墨。そういう諺《ことわざ》が、塾のテキストに載っていた。正反対なことや、違いがあまりにも大きくて比較にならないことのたとえだ。「太陽と月」と言い換えたほうが、分かりやすいかもしれない。大和は太陽で、純は月だ。どんなに憧れても、月は太陽になれない。

学校の成績は純のほうがいいが、大和は運動ができて女子にモテる。純が教室の隅で本を読んでいるとき、大和はサッカー場でシュートを決めて女子にキャーキャー言われている。

それくらいキャラが違うのに、なぜか気が合った。学校や塾の行き帰りは一緒だし、休みの日にはよく遊ぶ。お互いの家に泊まりに行ったこともたくさんある。

あの出来事——あの事件がなかったら、この冬休みも一緒に遊んでいたと思う。ずっと一緒にいたと思う。

誘いに来るのは、いつも大和だった。一緒に遊ぼうと呼びに来る。純はそれを待っていた。今も、大和が来るのを待っている。

でも大和はやって来ない。

どんなに待っていても、絶対にやって来ない。来たとしたら、それは奇跡だ。純は、人生に奇跡は起こらないことを知っている。特に、いいことは起こらない。起こるのは、悪いことばかりだ。

純の人生にも、悪いことが起こった。

いや、自分で起こした。大和の人生を台なしにしてしまった。

それは、四ヶ月前の夏休みのことだった。

○

純は、千葉県君津市で生まれた。小糸川《こいとがわ》のすぐそばに家があって、ずっとそこで暮らしている。東京湾まで歩いて十分とかからない。静かにしていると、海鳥の鳴き声が聞こえてくるような場所だ。

七月や八月になると、真夏のにおいがあふれ出す。今年の夏も、そうだった。海のにおい、川辺の植物たちのにおい、そして、アスファルトが焦げたようなにおいが立ち込めていた。

その日は、特に暑かった。大雨を降らせた台風が通過したばかりだったせいだ。台風一過というのだろうか。空は晴れ渡り、太陽がギラギラと照っている。平年よりも気温が高かった。天気予報が言うには、今年一番の暑さになるらしい。

危険な暑さへの注意を呼びかける『熱中症警戒アラート』が、スマホにも届いていた。これも珍しいことじゃない。最近は三日に一度のペースで届くので、すっかり慣れてしまっていて、ろくに見もしなかった。そんなことよりも、もうすぐ夏休みが終わってしまうことのほうが大問題だと思っていた。

夏期講習の最終日だった。純と大和は、君津駅の前にある塾に通っていた。二人とも私立中学受験をするつもりはなかったから、言うほど真面目に勉強をしていたわけではない。塾の雰囲気ものんびりしていて、授業を受けている時間より帰りに遊んでいる時間のほうが長かったくらいだ。

親も、そのことは承知していた。塾の後に遊んで帰って来ても、晩ごはんに間に合えば叱られなかった。いや、遅れても厳しくは叱られない。

割と自由だったけど、野放しだったというわけではない。例えば、いくつかの注意はされていた。

あんまり遠くに行かないように。

危ないことをしないように。

自転車を飛ばしすぎないように。

知らない人についていかないように。

小学生がよく言われるやつだ。釘を刺すように何度も言われたけれど、塾帰りに遊びに行くこと自体は禁止されていなかった。

純の親は昭和脳だから、家でゲームをやっているよりも、外で遊んでいるほうがいいと思っている感じがあった。時代が変わったのに、自分たちが子どもだったころのイメージで生きているのかもしれない。学校の先生にも、こういうタイプは多い気がする。だからと言って文句があるわけではない。ゲームも好きだけど、外で遊ぶのも嫌いじゃなかったからだ。塾帰りに遊ぶのを禁止されるより、昭和脳のほうがずっといい。

塾が終わった後、大和が言い出した。

「青堀《あおほり》駅の先まで行ってみようぜ」

そこに何があるわけでもない。正確に言うと、何があるのか知らなかった。自転車を飛ばして、行ったことのない場所まで行くのが二人のブームだった。純と大和は「冒険」と呼んでいた。

ちなみに青堀駅は、君津市の隣の富津《ふっつ》市にある。二人の通っている小学校の学区からも離れていた。

「遠くに行かないように言われている」

純は指摘した。大和の親も、同じ注意をしているはずだ。大人は、子どもが遠くまで行くことを嫌がる。

「おれも言われてるけどさ」

認めながら、大和が反論する。

「自転車で行けるところなんて、たいして遠くじゃないじゃん。普通、遠くって言ったら電車とか飛行機とか乗っていくところだろ」

屁理屈《へりくつ》だ。

親はそういう意味で言ったんじゃない。それくらいのことは分かっていたけど、純は言い返さなかった。それどころか、大和の屁理屈に頷《うなず》いた。

「そうかもしれない」

親に注意されたことを気にしていなかったのだ。自転車で遠くまで行ったところで危ないことなど起こらない、とも思っていた。

大和はスマホを持っていなかったが、純は子ども用の携帯を持っていた。万一、迷子になってもどうにかなる。

「じゃあ、行こうぜ」

「うん」

こうして二人は、冒険の旅に出た。

○

日射しが強くて暑かったけど、自転車を思いっきり走らせると気持ちいい。風が強く吹いているみたいに感じる。その風には、海のにおいが混じっていた。この町では、海が見えなくても潮の香りがする。

君津駅から青堀駅までは、そんなに遠くない。何度も通っている道ということもあって、三十分もかからないうちに青堀駅が見えた。

「冒険は、これからだ！」

大和が漫画の主人公みたいに言った。

「それ、連載が打ち切りになったときの台詞《せりふ》だから」

指摘すると、親友は「へへへ」と笑った。『トム・ソーヤーの冒険』に出てきそうな笑い方だった。自転車を飛ばしているせいか、いつにも増してテンションが高いみたいだ。

「でも冒険が始まったばかりなのは、本当のことだろ」

「まあね」

純は頷いた。二人の家は、君津駅より青堀駅に近い場所にある。青堀駅には、今まで何度も来ている。ここで止まったら冒険にならない。

しばらく自転車を走らせた。青堀駅を通りすぎた。また少し日射しが強くなった気がする。今日は本当に暑い。

さらに三十分くらい自転車を飛ばして、大貫《おおぬき》駅のそばまでやって来た。スマホで検索すると、次の佐貫町《さぬきまち》駅まで行くのも自転車だと約三十分だった。

純も、たぶん大和もそこまで行くつもりはなかった。帰るのが大変だ。もうすぐ新学期だから、夏休みの宿題だってやらなければならない。正直、線路沿いの道を走り続けるのにも飽きてきた。

そう思ったけれど、すぐには言わなかった。冒険をやめるタイミングは難しい。下手《へた》なことを言うと、しらけてしまう。

だから、大汗をかきながらそのまま走った。駅が見えなくなって十分くらい自転車を漕いだあたりで、大和が話しかけてきた。

「ちょっと休んで、何か食わね？」

「うん」

お腹も空いていたし、自転車を漕ぐことにも飽きていた。冒険をするには暑すぎる。夏は冒険に向いていない。真夏の太陽に照らされて、二人とも大汗をかいている。額や頬が真っ赤になっていた。

「すげえ日焼けしたな。海に行ったみてえ」

「日焼けしすぎるとシミになるし、皮膚癌の原因にもなる」

母が言っていた。子ども時代の日焼けのダメージが蓄積されて、大人になるとシミになるらしい。父も母もシミだらけだった。昭和の子どもは、外で遊びすぎなのだろう。

純の言葉を聞いて、大和が顔を顰《しか》めた。

「嫌なことを言うなよ。癌とか怖《こえ》えから。あっちの日陰で休もうぜ。ちょうどベンチがある。シミにならないように休憩」

今さら遅いような気がしたが、日向《ひなた》にいたいわけではなかったので、純は素直に頷いた。できることなら、シミのない大人になりたい。

少し先に大きな木があって、ジュースの自動販売機とベンチが見えた。そこに自転車を止めて、二人は冷たいコーラを買った。

汗をたくさんかいたせいで、すごく喉が渇いていた。慌《あわ》てて缶を開けたせいで、コーラが噴き出した。たくさん、こぼれてしまった。

「もったいねえっ！」

大和は悲鳴を上げて、缶に口をつけた。純も同じことをする。ゴクゴクと飲んだ。冷たい炭酸なのに、一気に飲んでしまった。大きなゲップをして、意味もなく二人で笑った。

その顔のまま大和が言った。

「ここ、初めて来た場所だよな」

冒険の成果を確認する口調だった。

「そうだと思う」

純は注意深く答えてから、改めて周囲を見た。道路のアスファルトはひび割れていて、線路は錆《さ》びた色をしている。その線路の脇には、ジャングルのように草木が伸びていた。

「家族で来たこともない」

「おれもだ」

大和が満足そうに頷き、純と同じように周囲を見て言った。

「何もないところだな」

道沿いにポツリポツリと民家はあるが、建物は古びていて庭は荒れ放題になっている。壊れて自転車が庭に放置されている家もあった。人が住んでいるようには見えなかった。純の暮らす町以上に、このあたりは空家が多いみたいだ。

「うん。何もない」

そう答えながら少し困っていた。それが顔に出たみたいで、大和が不思議そうに聞いてきた。

「どうした？」

「どっかにコンビニでもないかと思って」

「コンビニ？」

「うん。食べ物を持ってないから」

まだ何も食べ物を買っていなかった。見渡すかぎり店はない。自転車を漕ぐのに夢中でちゃんと見たわけではないが、駅のそばまで戻らないと、何も買うことはできないのかもしれない。

ここまで何もないとは思っていなかった。こんなことなら、イオンで何か買って来ればよかった。

失敗したと思っていると、大和がまた言った。

「なんだ、そんなことか」

「そんなことかって——」

あんまりな言い草だ。お腹が空いているときに、食べ物がないのは辛い。口が悪いと言うのか、雑な性格をしているというのか、大和にはこういうところがある。悪気なく、人をむっとさせるようなことを言う。そして、そのことに気づかない。

このときも大和は、怒りかけた純に気づかない。何事もなかったかのようにリュックから保冷バッグを取り出し、それを純に差し出すようにして言った。

「一緒に食おうぜ」

「食べ物、持ってきたの？」

質問すると、超意外な答えが返ってきた。

「っていうか作ってきた」

「作ってきたって自分で？　まさか、大和が作ったの？」

「まさかって何だよ」

言い返しながら、大和自身もおかしいと思っているのか笑っていた。

「おにぎりを作ったんだ。すげえ上手《うま》くできたから、純にも食わせてやるよ」

「上手くできた？　本当に？」

聞き返してばかりだが、これは聞き返さずにはいられなかった。料理をする同級生もいるが、大和はそのタイプではない。

家庭科の授業でも、班の足手まといだった。生卵もちゃんと割れないレベルだ。それなのに、すげえ上手くできた？

「本当に決まってるじゃん。おれ、嘘つかないから」

大和が真顔で応じた。本人の言うように、嘘をつけない性格をしていた。それでも信じられずにいると、大和がわざとらしくため息をついた。

「純、疑いすぎ」

保冷バッグから食べ物を取り出した。自分で作ったというのは本当らしく、不格好なおにぎりがラップに包まれていた。デコボコのおにぎりだ。

おかしいのは、形だけではなかった。ごはんと一緒に握ってあるものに気づいて、吹き出してしまった。大人なら——例えば、うちの母だったら絶対に作らない。純がこれを作ったら、「食べ物で遊ばないの」と絶対に叱られるだろう。

「これ、食えるの？」

「失礼じゃね」

怒ったような顔を作ろうとしたみたいだが、上手くいかず笑ってしまっている。嘘もつかないし、演技も下手だ。

「文句ばっかり言ってねえで食ってみろよ。飛ぶぞ」

どこかで聞いたような台詞を自信たっぷりに言って、不格好なおにぎりを押し付けてきた。

「本当に食うの？」

「そう」

大和は引かない。どうあっても、純に食べさせるつもりのようだ。まあ正直に言うと、デコボコおにぎりに興味もあった。

「じゃあ、いただきます」

おにぎりを食べた。大和の言葉は、嘘ではなかった。一口目で飛びそうになった。咀《そ》嚼《しやく》し、味わってから言った。

「すげえ旨《うま》い」

コーラによく合う味だった。お世辞ではなく、美味《おい》しかった。塩分と油分が高い気もするけど、冒険にぴったりのおにぎりだ。

「こんなふうに食べるなんて知らなかった。すげえ旨い」

「だろ？　旨いだろ？　旨すぎて飛んだだろ？」

「うん。飛んだ」

「よし。なら、特別にもっと食べていいぜ」

大和が胸を張った。

○

十分もしないうちに、おにぎりを食べ終えた。

三つも食べたせいか、少し眠くなった。身体がだるい。ベンチから立ち上がる気になれなかった。もう少しコーラを飲みたかったけれど、もうお金がなかった。

「今月のお小遣い、終わっちゃったよ」

財布が空になったようだ。大和が嘆いた。冒険は、お金がかかる。汗をかいて喉が渇いても、冷たいコーラを買えない。

「それにしても暑いな」

「地球温暖化だからね」

「今の大人たちが、好き勝手やったせいだよな」

「まあ、そうかな」

そんな話をしているうちに正午をすぎて、さらに気温が上がった。汗が止まらなかった。飲んだそばから汗になっていく気がした。熱中症になりそうだ。暑さにうんざりし始めていた。

そろそろ帰ろう。そう言おうとしたときだった。足もとから、妙に間延びした鳴き声が聞こえた。

「にゃあ」

ベンチの下をのぞくと、図体《ずうたい》の大きな白猫がいた。純と大和がくる前から、ここにいたのだろうか？　まったく気づかなかった。

白猫はふてぶてしい顔をしていて、こっちを警戒している様子もない。このあたりの主にも見える。

そばに純と大和がいるのに、「ふにゃん」と欠伸《あくび》をして寝てしまった。ふてぶてしいのではなく、もしかすると暑さでバテているのかもしれない。

猫には構わなかった。ひっかかれるのは嫌だし、寝ているのを起こすのはかわいそうだ。見るともなく猫を眺めていると、大和が急に質問してきた。何の前置きもなく、突然のことだった。

「園川《そのかわ》あかりって、どう思う？」

その名前を聞いて、心臓が跳《は》ね上がった。同じクラスの女子で、学級委員をやっていて、純より勉強ができる。美人で性格もやさしい。

誰にも――親友の大和にも言っていないが、純は、園川あかりのことが好きだった。ずっと前から好きだ。話しかけられると、胸がどきどきして顔が熱くなる。

だけど、告白するつもりはなかった。純はチビで眼鏡で運動が苦手で、ぱっとしない顔をしている。誰がどう考えたって、園川あかりとは釣り合わない。告白されても迷惑だろうし、気まずくなるのも嫌だった。フラれて、クラスの笑い者にはなりたくない。

「どう思うって何が？」

何でもないことのように聞き返したが、胸のどきどきは収まっていなかった。それは、園川あかりに片思いしていることだけが原因じゃなかった。クラスの噂を思い出していたのだ。

――あいつら、付き合ってんじゃね？

大和と園川あかりのことだ。クラスの男子から聞かれたこともある。そのときは、知らないと答えた。実際に知らなかったし、今でも知らない。

付き合っている男子と女子は珍しくなかった。堂々と付き合っていることもあれば、こっそり学校の外でデートしていることもある。大和と園川あかりも、こっそり付き合っているんじゃないかと疑われていた。

噂を信じるほどバカじゃないけど、純は、大和と園川あかりが二人でいるところを見たことがあった。

夏休みが始まる少し前のことだった。その日、委員会の仕事があった。遅くなるみたいだから、大和と別々に帰ることにした。

でも先生に急用が入って、仕事がなくなった。集まって五分もしないうちに解散になったのだった。

純は、大和に追いつこうと通学路を走った。帰り道はいつも同じだ。走れば追いつくはずだった。

予想した通り、しばらく行ったところで大和の背中が見えた。でも、声はかけなかった。園川あかりがいたからだ。

二人は話しながら並んで歩いていた。大和は笑い、園川あかりは恥ずかしそうな顔をしている。

クラスの人気者同士、お似合いだった。

付き合っているようにしか見えなかった。

純は声もかけずに、二人から離れた。親友と好きな女子に見つからないように、こそこそと別の道を歩いて帰った。

そのときのことを思い浮かべながら、純は質問を重ねた。

「そっちこそ、どうなんだよ？」

「どうって？」

今度は、大和が聞き返してきた。惚《とぼ》けているように見えた。

「園川あかりと付き合っているって噂を聞いたけど」

純は言った。声が震えた。胸が痛かった。自分で聞いたくせに、返事を聞くのが怖かった。

「付き合っている？　おれと園川が？」

大和が目を丸くした。そんな顔さえ、アイドルみたいにイケメンだった。地味な眼鏡キャラの自分とは違う。

「そうだよ」

ぶっきらぼうに言うと、大和がゲラゲラと笑い出した。ギャグ漫画とかお笑い系のユーチューブを見たときみたいに笑っている。

バカにされた。

笑い者にされた。

そう思った。純が園川あかりに片思いしていることを知っていて、からかっていると思ったのだった。

「おれ、帰るから」

純は大和に背中を向けて、自分の自転車にまたがった。喧嘩《けんか》は苦手だし、大和を怒鳴る度胸もない。

あっという間に怒りは消え、悲しみに変わっていた。大和に笑われて悲しかった。園川あかりのことをネタにされて悔しかった。自分が惨めだった。

目の前の景色が、滲《にじ》んで見える。涙があふれ始めていた。やっぱり、自分はいくじなしだ。泣いている顔を大和に見られたくなかった。涙ぐんでいるところを見られたくない。

「おい、純――」

呼び止める声が聞こえたが、振り返りもせずペダルを漕いだ。呼び止める声を無視して、がむしゃらに漕いだ。大和は追いかけて来なかった。

喧嘩をしたわけではない。自分が一方的に怒っただけだ。でも、大和が追いかけてこないのは意外だった。

少し走ったところで、大和のことが気になった。長い付き合いだから喧嘩をしたこともあるし、今日みたいに純が腹を立てて先に帰ったこともある。

そんなとき、大和はいつも追いかけてきた。それなのに、今日はその気配さえない。気になったけれど、引き返さなかった。大和の顔を見たくなかったからだ。

そう思ったのは間違いだった。

このときに引き返しておけば、よかった。これが最後のチャンスだったことを、自転車を漕ぐ自分は知らない。引き返しもせずに家に帰った自分はバカだ。

大和が何を考えて、あんなことを言ったのか。その答えは、永遠に失われてしまった。

○

熱中症。

大和の死因だ。

その日のうちに、大和は死んでしまった。

○

純を追いかけてこなかった理由も分かった。

追いかけることができなかったのだ。大和の自転車はパンクしていた。夏は、熱気でタイヤが膨張《ぼうちょう》してパンクしやすくなる。

いつパンクしたのかは分からない。一緒にいたときからパンクしていた可能性もある。

でも、気がつかなかった。言い訳するわけじゃないけど、本当に、本当に気がつかなかった。

おい、純——。

自分を呼び止める大和の声がよみがえった。助けを求める声だったのかもしれない。純は振り返りもしなかった。

自転車を漕いで家に帰った後、ちょうど夕食前のことだった。家の電話が鳴って、母親が出た。そして、大和が倒れたことを知った。

「出かけるから用意をしなさい」

返事はできなかった。正体の分からない固い塊《かたまり》が、純の喉《のど》を塞いでいて言葉が出なかったのだ。

その十分か二十分後、母親に連れられて病院に到着した。仕事に行っていた父も、駆けつけてきた。

病院に着くまで、どんな話をしたのかはおぼえていない。実を言えば、病院に着いた後のことも、よくおぼえていなかった。

おぼえているのは、大和のお父さんとお母さんが泣いていたことだ。何度も遊びに行っているので、二人のことは知っていた。スーパーや道ですれ違えば、挨拶《あいさつ》だってする。

純が遊びに行くと、いつも笑っていた。道で会っても、そうだ。笑顔しか見た記憶がなかった。その二人が、病室で泣いていた。純たちが病室に入っても振り向きもせず泣いていた。

そして、もう一つ、鮮明に記憶に焼きついたことがある。ベッドに横たわる大和の姿だ。

死んでいるようには見えなかった。

ぐっすり寝ているように見えた。

だけど、死んでいる。

息もしていないし、胸も動いていない。

もう二度と目を覚まさない。

死んでしまった。

自分のせいだ。

自分のせいだ。

自分のせいだ。

叫び出しそうになった。自分のせいだと叫び出しそうになった。純が一人で帰らなければ、大和は死ななかった。

追いかけてこなかったことを不思議に思ったときに引き返していれば、今も生きていた。自分が腹を立てなければ、こんなことにはならなかった。

涙がぼろぼろとこぼれ落ちた。独りぼっちでベンチに座る大和の姿が思い浮かび、耐えられなくなった。

病院で声を立てて泣いた。叫ぶ代わりに泣いた。わんわん泣きながら、大和のお父さんとお母さんに謝った。ごめんなさい。ごめんなさい。ごめんなさい……。ベッドに横たわる大和にも謝った。ごめんなさい。ごめんなさい。ごめんなさい。何度も繰り返した。何度も何度も何度も謝った。

純の両親も、一緒に謝ってくれた。悪いのは純なのに、父も母も床につくほど頭を下げている。

大和のお父さんが、小さな——本当に小さな声で言った。

「純くんのせいじゃない」

喉に詰まったものを押し出すような声だった。

だけど、大和のお母さんは何も言わず、一度もこっちを見なかった。ずっと、大和を見ていた。

◯

夏休みが終わっても、学校には行かなかった。休むつもりなんてなかったのに、行けなかった。

学校に行こうとすると、足が竦《すく》んで息が苦しくなった。動けなくなって、涙があふれ嗚《お》咽《えつ》がこみ上げてくる。

父親も母親も、学校に行けとは言わなかった。

学校の先生やクラスメートが訪ねてきたが、純は誰とも会わなかった。誰とも会いたくなかったし、会う勇気もなかった。

ただ時間だけが流れた。自分の部屋で膝《ひざ》を抱えるように座っていた。ずっと、そうしていた。

純の両親は共働きで、二人とも保育士だ。職場結婚して、今も同じ保育園で働いている。最初のころは仕事を休んでいたけど、ずっと休み続けるわけにはいかない。

交互に休みを取って、純を心療内科に連れて行ってくれた。学校と違うからか、心療内科に行くことはできた。大和が死んだ翌九月から今の十二月まで、純は毎週のように心療内科に通った。

それなりに融通《ゆうずう》を利かせてもらっているみたいだが、交互に休みを取るのも限界がある。二人とも仕事に行くときもあった。

「一人で大丈夫か？」

父は言い、母は「私、仕事を休もうか？」と聞く。

「大丈夫」

なるべく大きな声で答えた。両親がいなくても平気だ。むしろ一人でいたほうが気持ちが楽だった。医者や両親にもそう伝えてある。ちゃんと話す純を見て、両親もちょっとは安心したみたいだ。

◯

十二月三十日になった。

もう休みに入っているところもあるけれど、純の親の働いている保育園は年末ぎりぎりまで子どもを預かっていた。詳しくは知らないが、年末保育というやつなのかもしれない。

明日から休みだからと言いながら、両親が仕事に行った。大和が死んでから四ヶ月が経ち、純が家にいることに慣れたのかもしれない。冬休みだということもあるだろう。特別なことは、何も言われなかった。

親が出勤していった後、純も出かける準備を始めた。心療内科に行くのではない。他に行かなければならない場所があった。どうしても行かなければならない場所がある。

昨日の夜、そのことを思い出した。部屋でベッドに寝転がって天井を見ていたときだ。

突然、大和の言葉が頭に浮かんだ。

思い出ごはんを食べると、死んだ人と会えるんだって。

どうして、その話になったのかは記憶にない。何がきっかけで、その話になったのかおぼえていない。

それから、正確な日にちもおぼえてないけど、去年の夏のことだったと思う。ランドセルを背負っていたから、たぶん学校帰りだ。

純は聞き返した。

「何の話？」

「変な話を聞いたんだよ」

そう前置きして、大和は言葉を続けた。

「ちびねこ亭って食堂が、海の近くにあるだろ？」

「うん。あるね。それがどうかしたの？」

知っていたので、頷いた。すると、不思議なことを言い出した。

「だからさ、そこに行って思い出ごはんってやつを食べると、死んだ人と会えるんだって」

どこで聞いてきたのか、大和は真面目な顔で話している。

「ふうん」

純は、そんな感じで適当に相槌《あいづち》を打った。怪談とか都市伝説みたいな話には興味がなかった。小学生にとって死は遠くにある。祖父母も健在で、身近な誰かが死んだこともなかった。

死ぬことは、テレビや漫画の中の出来事だった。ましてや死んだ人と会えるなんて話は、そのまんま漫画の世界だ。

その後、大和とどんな話をしたのかはおぼえていない。ちびねこ亭のことも、ずっと忘れていた。

○

ちびねこ亭に入ったことはなかったが、砂浜から見たことがあった。一年前だったと思う。家族で海に遊びに行ったときのことだ。

母親より十歳くらい年上に見える女の人が、店の前の黒板を片付けていた。純と目が合うと、「こんにちは」と挨拶してくれた。それ以外に何かしゃべったわけじゃないけど、やさしそうな女の人だった。

純の母は、その女の人を知っていたらしく、「七美《なな み》さん、こんにちは」と挨拶を返していた。

自転車に乗ってその食堂に向かった。年末の十二月三十日に店が開いているかどうかは分からないが、行ってみようと思ったのだ。

ただ、まっすぐは行かなかった。県道沿いにあるコンビニに寄って、お菓子とコーラを買った。自分のお金を使ったのは久しぶりで、大和と自販機でコーラを買ったとき以来だ。ずっと大和のことを考えている。大和に言われた言葉が、純の頭の中を駆け巡っていた。

死んだ人間と会える。

思い出ごはんを食べれば、大和に会える。

本当だろうか、とは思わなかった。聞いたときは気にも留めなかったくせに、今ではすっかり信じていた。ちびねこ亭に行けば、大和に会えると。

純のせいで死んだのだから、恨み言を言われるかもしれないし、罵《ののし》られるかもしれない。取り殺されたって文句は言えない。それでも、大和に会いたかった。会って、ちゃんと謝りたかった。

自転車のペダルを漕いで、小糸川沿いの堤防を走った。冬の川は静かだった。夏に台風の大雨で氾濫《はんらん》しかけたのが嘘みたいだ。風は冷たかったけれど、寒いというほどではない。

この小糸川には、大和との思い出が詰まっている。魚釣りをしたり、この堤防で自転車レースをして叱られたり、川辺で漫画を読んだり、いろいろなことをした。ふざけて遊んでいるうちに、川に落ちてずぶ濡れになったこともある。大和は、よく川に落ちた。お約束みたいなものだった。

びしょ濡れになった大和の姿を思い浮かべていると、ふいに声が聞こえてきた。

〝変なこと、思い出すなよ〟

はっきり聞こえた。純は、驚いて自転車を止めた。くぐもっているが、間違いなく大和の声だった。死んだ大和の声が聞こえてきたのだ。

きょろきょろと周囲を見た。

でも、誰もいない。何もない。

大和は、どこにもいなかった。

今のは何だったんだろう？

そう思った瞬間、息が苦しくなった。今まで何ともなかったのに、急におかしくなった。それでもペダルを漕ごうとしたけど、足が震えて駄目だった。

進むことができない。気持ちが悪い。吐き気がする。学校に行こうとしたときと同じ感じになってしまった。

家に帰れば楽になる。そのことは分かった。あまりの苦しさに引き返そうかとも思ったが、海はすぐそこだ。もう少し行けば、ちびねこ亭に辿《たど》り着く。

小糸川は終わりかけ、ウミネコの声が聞こえてきた。内房の海のほうから聞こえる。ミャオ、ミャオと鳴いている。いつ聞いても猫が鳴いているみたいだ。

ふと思い浮かんだのは、ふてぶてしい顔の白猫だった。大和と冒険に行ったときに見かけた白猫を思い出していた。

ここで引き返したら、あのときと一緒だ。大和は、きっと純を待っている。ちびねこ亭に迎えに行かなければならない。死んでしまった親友に会いに行かなければならない。

遊びに行くときは、いつも大和が迎えに来てくれた。今度は、自分が迎えに行く番だ。

自転車から降りた。

すると苦しくなくなった。

本当は少し息苦しいけど、足を動かせないほどではない。歩いて行けば、何とか辿り着けそうだ。

自転車を堤防の脇に止めた。あとで叱られるかもしれないし、自転車を盗まれるかもしれないが、気にしている余裕はなかった。足を動かして前に進むだけで、いっぱいいっぱいだった。

そのくせ、荷物を置いていこうとは思わなかった。お菓子とジュースの入ったコンビニのビニール袋を持って、純は小糸川沿いの堤防を歩いた。何も考えずに、海に向かって進んだ。

やがて東京湾に出た。

やっと海に着いた。

砂浜が広がっていたが、やっぱり誰もいない。もうすぐ昼時なのに、ちびねこ亭に向かう道はひとけがなかった。

思い返すと、コンビニを出てから人を見た記憶がない。空家が増えていることは知っているけれど、ここまで誰もいない町ではなかった気がする。少なくともお年寄りは、たくさんいる。

みんな、新年の準備で忙しいのだろうか？　年末年始の買い物に行っているのだろうか？

考えても分からなかった。それに人がいてもいなくても、ちびねこ亭に行くことには変わりがない。自分の足だけを見て進んでいった。食堂に辿り着くことだけを考えた。

砂浜の脇に小道が延びていた。道と言っても舗装《ほそう》されたやつではなく、アスファルトの代わりに白い貝殻が敷かれている。十二月の日射しを受けて、きらきら光っていた。

その先に、青い壁の建物が見えた。ちびねこ亭だ。どうにか着いた。何とか辿り着くことができた。

ほっとしたのも束の間、純は慌てた。二十歳すぎくらいの男の人が、看板代わりの黒板を片付けようとしていたからだ。店じまいをしている。

看板を片付けているのだから、ちびねこ亭の人だろう。細いフレームの眼鏡をかけていて、髪の毛はサラサラだ。やさしそうで、女子にモテそうな顔をしていた。

「あの……」

声をかけると、男の人が看板を片付ける手を止めた。そして、初めて純に気づいたように返事をした。

「はい。何でしょう？」

しゃべり方もやさしい。子どもだからとバカにしている雰囲気もなかった。だけど純は人見知りだ。学校や塾の先生相手でも緊張してしまうことがある。ましてや目の前にいるのは、知らない男の人だ。緊張して言葉が喉に詰まった。

自分から話しかけたのだから、早く何か言うべきだ。それくらいのことは分かっていたが、言葉が出て来ない。

ずっと部屋に引きこもっていて、他人と話すことが少なかったせいもあるかもしれない。焦れば焦るほど、しゃべれなくなった。

「どうかしましたか？」

男の人が、心配そうな声で聞いてきた。何か言わなければと口を開いたが、やっぱり言葉が出ない。何を話せばいいのか分からなくなっていた。

これじゃあ、変な子どもだ。迷惑をかけている。挨拶もできずに情けなかった。逃げ出したくなったときだった。

純に声をかけてくれたものがいた。

「みゃあ」

猫だ。ちびねこ亭の扉が少し開いていて、茶ぶち柄の子猫が顔を出していた。首をちょこんと傾《かし》げて純を見ている。

「みゃん」

また、鳴いた。すると、男の人が慌てた顔になって、そっちに駆け寄った。

「外に出ては駄目ですよ」

子猫の目を見て、言い聞かせている。子猫相手でも丁寧な話し方だった。それだけでもおかしかったのに、子猫が返事をした。

「みゃん」

うるさいなぁ、と言わんばかりの鳴き方だった。純は、吹き出した。思わず笑ってしまった。

その拍子に緊張がほぐれたらしく、さっきまで見えていなかった黒板の字が目に飛び込んできた。

ちびねこ亭

思い出ごはん、作ります。

白いチョークでそう書いてあった。

思い出ごはん。

あの言葉だ。大和の言っていた言葉だった。本当にあったんだ、やっぱりあったんだ、と今さら思った。

書いてあったのは、それだけじゃない。もう少し小さい字で注意書きが添えられていた。

当店には猫がおります。

子猫の絵まで描いてあった。目の前にいる茶ぶち柄の子猫によく似ていた。

「みゃ」

純の視線に気づいたらしく子猫が鳴き、モデルになったことを自慢するように胸を張った。

「あなたは何をやっているんですか？　早く店に入ってください」

男の人が呆《あき》れた口調で子猫に言った。

「外は危ないですよ。勝手に抜け出してばかりいると、ケージに閉じ込めますからね」

脅しているようだけど、やさしい学校の先生みたいで怖くない。一方、茶ぶち柄の子猫は言うことを聞かない生徒のようだった。人間の言葉が分かるのか、抗議するように鳴いた。

「みゃ」

また笑いそうになった。でも、笑ってばかりはいられない。そもそも自分には、笑う資格なんてない。自分のせいで親友が死んだのだから。病院で見た大和の死に顔が、頭に浮かんだ。

ナイフで刺されたみたいに胸が痛んだ。その痛みを噛《か》みしめるようにして、純は頼んだ。

男の人にお願いをした。

「ぼくに、思い出ごはんを食べさせてください」

○

純を店の中に入れてから、男の人は名乗った。

「ちびねこ亭の福地櫂《ふくちかい》です」

八つしか席のない小さな店だった。カウンター席はなく、四人掛けの丸テーブルが二つ置かれているだけだ。

テーブルも椅子も木製で、丸太小屋のようなぬくもりのある雰囲気に包まれていた。店の片隅には、歌に出てきそうな大きなのっぽの古時計が置かれている。まだ壊れていないらしく、チクタク、チクタクと動いている。

純の知っている店――ファミレスやフードコート、ファストフード店とかとは雰囲気がまるで違った。

居心地がよくて綺麗な店だけど、この世の果てに来たような気持ちになった。ちびねこ亭の窓から海と砂浜が見えるが、見渡すかぎり誰もいないせいかもしれない。冬の海は寒々《さむざむ》としている。

「当店のちびです」

櫂が、茶ぶち柄の子猫を紹介してくれた。見たままの名前だ。ちびっこくて可愛らしい。

「みゃあ」

ちびは返事をしたが、面倒くさそうだ。純を見もせず歩き出した。そして、壁際に置いてある安楽椅子に飛び乗ると、丸くなってしまった。外に出られないことにヘソを曲げているようにも見えた。

前に見た女の人――「七美さん」は、どこにもいなかった。今日は、櫂一人で店をやっているのかもしれない。

ちょっとがっかりしたけれど、言うべきことは変わらない。純は、改めて頼んだ。櫂に頭を下げた。

「思い出ごはんを食べさせてください」

お金は持ってきた。自分の全財産を財布に入れてきた。おこづかいを貯めたものだ。ずっと引きこもっていて使ってなかったから、五千円はあるはずだ。

「友達に会いたいんです」

最後の日のことを――置いてきぼりにしたせいで大和が死んでしまったことを話した。

正直に何もかも話した。

「おにぎりを作ってきたんです。でこぼこのヘンテコなおにぎりだったけど、すごく美味しくて……」

言葉と一緒に思い出があふれてきた。涙も込み上げてくる。こんなところで泣いたら恥ずかしい。純は唇を噛んで、もう一度、思い出ごはんを食べさせてくださいと頭を下げた。

「お願いします」

こんなに必死に何かを頼んだのは、生まれて初めてのことだった。どうしても大和に会いたかった。

だけど、聞いてもらえなかった。檑は頷かなかった。首を横に振って、静かに言った。

「本日の営業は終わりました」

確かに、さっき黒板を片付けていた。早じまいなのか、もともと午前中しかやらない店なのかは分からないが、もう閉店してしまったみたいだ。

がっかりしたけど、大人に無理を言う度胸はない。泣きたい気持ちを押し殺して、檑に聞いた。

「明日、また来てもいいですか？」

「申し訳ありません。年内の営業は、今日までです」

そうだった。

いつの間にか忘れていたけれど、明日は大晦日だ。純の両親も、明日から休みだ。年末年始を休みにしている店は多い。最近では、コンビニだって正月休みを取ることがあるくらいだ。

正月明けにまた来るしかなかったが、純には、遠い未来のように思えた。その日まで耐えられる自信がない。このまま家に帰ったら、二度と外に出られなくなるような気がした。

でも、どうすることもできない。お店の人を恨むのは間違っている。何もかも自分が悪いのだから。

「すみませんでした」

涙をこらえて謝った。全部、自分が悪いのだから。

そして、純は席を立とうとした。すると櫂が、呼び止めるように言ってきた。

「一つ、提案があります」

小学生の自分相手に、大人に対するような言葉遣いをしている。今まで、こんなふうに話しかけられたことはなかった。

「提案……？」

「ええ」

櫂は頷き、話を続けた。

「ご自分で作ってみてはいかがでしょうか」

「作るって何をですか？」

聞き返すと、とんでもない言葉が返ってきた。

「思い出ごはんです」

返事が、できなかった。自分で思い出ごはんを作る？　予想もできない展開だ。からかわれているのだろうか？　改めて櫂の顔を見たけど、冗談を言っている様子はなかった。すごく真面目な顔をしている。

「材料をお持ちですよね」

櫂が、純の持っているコンビニのビニール袋を指差した。指摘されて、今さら気づいた。コンビニで買ったのは、思い出ごはんを作るのに必要なものだった。

自分で作って、死んだ人間が現れるのだろうか？　大和と会うことができるのだろうか？

疑問に思う純の耳に、ふたたび、あの声が聞こえてきた。死んでしまった親友の声が話しかけてきた。

〝この前はおれが作ったんだから、今度は、純が作る番だぞ〟

相変わらずくぐもってはいるけれど、さっきより、はっきりと聞こえる。すぐそばにいるような気がしてきた。

でも、やっぱり、どこにもいない。大和の声だけが聞こえ続けた。

〝だいたい、お店の人に作ってもらうようなものじゃねえし。あれって、自分で適当に作るものだぞ〟

確かに、そうだ。美味しかったが、店で食べるようなものではなかった。スーパーやコンビニには売っていないものだ。プロの料理人に頼むようなものではないのかもしれない。

作り方も、何となく分かる。大和が手の込んだ真似をするわけがないし、食べれば分かる程度のものだった。

何秒か考えてから、純は心を決めた。

「作ってみます」

「では、ごはんを用意いたします」

櫂が返事をして、キッチンに向かっていった。純の答えを予想していたみたいだし、この店で作っていいみたいだ。ちびねこ亭で作って食べなければ、死者は現れないのかもしれない。

ちゃんと作れるかは不安だった。今まで、おにぎりを握ったことがなかった。上手くできなかったらどうしよう。

不安に駆られていると、また声が聞こえた。

〝いいから、さっさと作れよ〟

せっかちに催促《さいそく》している。

早く遊びに行こうぜ、と純を誘うときと同じ口調だった。これから自分は、大和と遊びに行くのかもしれない。

○

櫂はすぐ戻ってきた。炊き立てのごはんやラップなどをテーブルの上に置き、純に言った。

「こちらをお使いください」

キッチンではなく、食堂で作れということのようだ。キッチンを使うのは緊張するから、純もこっちのほうがいい。

「手伝いが必要でしたら、遠慮なくお申し付けください」

子どもに言う言葉遣いではなかった。丁寧な話し方は地みたいだ。

櫂の言葉はうれしかったけれど、手伝いは必要なかった。ごはんにスナック菓子を混ぜ合わせて、おにぎりの形にするだけだ。ラップを使ったので、それらしき形にすることができた。ちゃんと大和の分も作った。

「お茶をお持ちしました」

櫂が、湯気の立っている緑茶を持って来てくれた。お茶は好きだし、おにぎりにぴったりの飲み物だと思うけど、他に飲みたいものがあった。

「コーラを飲んでもいいですか？」

コンビニのビニール袋には、缶コーラが二つ入っている。あの日に飲んだジュースと同じメーカーのものだ。

この質問も、不思議な食堂の主は予想していたみたいだ。即座に答えた。

「コップはいりませんよね」

「はい」

純が頷くと、櫂はお辞儀をした。

「では、ごゆっくりお召し上がりください」

漫画に出てくるイケメンの執事みたいだ。余計なことを言わないのも格好いい。頭を下げると、キッチンに行ってしまった。

櫂がいなくなると、ちびとふたりだけになった。子猫は純のやることに興味がないらしく、安楽椅子で寝息を立てている。

窓の外からは、波の音が聞こえた。ただ、さっきまで鳴いていたはずのウミネコたちは、どこかに行ってしまったらしく姿を消している。ミャオミャオという声も聞こえなくなった。

そんなふうにして内房の景色を何秒か見た後、自分で作ったおにぎりを手に取り、食べ始めた。

「いただきます」

おにぎりは不格好で、ラップがなかったら崩れていただろう。食べると、スナック菓子の味がした。当たり前だ。コンビニで買った、のり塩味のポテトチップスを砕いて、ごはんに混ぜて握ったのだから。

ポテトチップスおにぎり。

それが、大和との思い出ごはんだ。

ネットで調べると、レシピらしきものがいくつも出てくる。大和が、それを見て作ったのかは分からないが、けっこう有名な料理みたいだ。

のり塩味のポテトチップスを買ったのは、大和の推《お》しだったからだ。

「やっぱ、のり塩でしょ」

ポテトチップスを食べるたびに、そんなことを言っていた。あの日のおにぎりに使っていたのも、もちろんのり塩味だった。

菓子メーカーのカルビーが、地域で有名な産品や知る人ぞ知る味などを全国に紹介しようと、ご当地ポテトチップスを発売している。千葉県でも、勝浦《かつうら》タンタンメン味や丸大豆しょうゆ味、さんが焼き味などがあった。

大和はそれらも気に入っていたが、発売期間が終わると、のり塩味に戻ってきた。そして、こんなふうに主張していた。

「おれ、のり塩派だから」

純は、大和ほどのこだわりはないけれど、のり塩味のポテトチップスは美味しいと思う。おにぎりにするのも、ぴったりだ。

塩味と海苔の風味が、ごはんによく合っている。もちろんポテトチップスだから、コーラにも合う。

一つ目のおにぎりを食べ終えた。ポテトチップスを入れすぎたのか、喉が無性に渇いていた。

コーラに手を伸ばしたときだった。ドアベルが鳴った。

カランコロン。

店の入り口が開いた音だ。

ちびねこ亭に誰かが来たのだろうか。もう閉店したと櫂は言っていたけど、客が来たのかもしれない。

そう思っていると、猫の鳴き声が聞こえた。

〝にゃあ〟

店の外で鳴いているみたいだった。ただ、その声はくぐもっていて、さっき聞こえた大和の声みたいに、別のどこかで鳴いたように感じた。

このときは、そんなに気にしなかった。猫なんて、どこにでもいる。それより、誰かが来たらしいことのほうが気になった。前に挨拶してくれた女の人が帰ってきたのだったらいいけど、知らない人が来たのなら居づらくなる。

でも、誰かが入ってくる様子はなかった。入り口が開いたのに、人の気配は感じられない。

風が吹いたのだろうか？　それとも、さっき鳴いた猫が開けたのだろうか？　風も猫も、よくいたずらをする。

確かめようと、窓の外を改めて見た。そして驚いた——。

〝嘘……〟

海が消えていた。

砂浜もなくなっている。内房の海が、どこかへ行ってしまっていた。

その代わり、錆びた色をした線路とベンチがあった。大きな木もある。コーラを売っている自動販売機も見える。木陰で白猫が昼寝をしていて、蟬《せみ》がうるさいくらいに鳴き始めた。

この景色には、みおぼえがあった。大和と冒険に行ったとき——大和が死ぬ直前に二人で見たやつだ。それが、ちびねこ亭の窓の外にあった。

〝何これ……？〟

このとき初めて、自分の声も、くぐもっていることに気づいた。ますます怖くなった。

純は助けを求めるように、キッチンに声をかけた。

〝すみません！　すみません！　なんか、おかしいんですっ！〟

店の外に聞こえるくらいの大声を上げたが、櫂は返事をしてくれなかった。それどころか、物音一つ聞こえない。

キッチンに行ってみようと立ち上がりかけたとき、安楽椅子の上で寝ていたちびが鳴いた。

〝みゃ〟

何かを教えるような鳴き方だった。でも、それは純に向かって鳴いたのではなかった。

足音が聞こえ、白い人影が店に入ってきた。

〝みゃあ〟

また、ちびが鳴いた。出迎えたみたいに聞こえた。

人影は靄《もや》がかかったみたいに見えにくかったが、純には誰だか分かった。分からないはずがない。ずっと頭にあった名前を言った。

〝大和？〟

その言葉が復活の呪文だったみたいに、白い影が人間の姿になった。そして、返事をした。

〝そうだよ〟

靄が消えて、人影の顔が露《あら》わになった。

思い出ごはんの話は、本当だった。

死んだ大和が、純の目の前に現れたのだった。

大和は、純の正面の席に座った。それから、懐かしそうに話しかけてきた。

〝久しぶりだな。元気だったか？〟

声はくぐもっているけど、それ以外は、生きていたころと変わりがない。最後に会ったときと同じ服装——半袖のTシャツを着ている。元気そうだった。死んでいるようには見えなかった。

そう思ったことが分かったらしく、大和が言った。

〝嘘みたいな話だけど、おれ、死んでるんだぜ〟

その言葉が突き刺さった。会えたうれしさよりも、置いてきぼりにして死なせてしまった罪悪感のほうが重かった。

涙があふれてきた。大和に謝らなければならない。許してもらえなくても、謝らなければならない。

置いてきぼりにして、ごめん。

自分だけ生きてて、ごめん。

純は、土下座しようとした。自分に酔っているとか芝居がかっているとか言われるかもしれないけど、それ以上の謝り方を知らなかった。

床に膝を突きかけたとき、大和が止めた。

〝それ、いいや〟

軽い口調だった。純は戸惑う。

〝え？〟

〝だから謝らなくていい。あんまり時間ないしさ〟

謝ろうとしたことが分かったみたいだった。でも、純は大和の言っていることが分からない。

〝時間がないって、どういうこと？〟

〝ずっとは、ここにいられないんだよ。純と会っていられるのは、思い出ごはんが冷めるまでなんだって〟

〝……何それ？〟

〝おれに聞かれても困るんだけど〟

誤魔化《ごまか》しているのではなく、本当に分からないようだ。そのことには触れず、話を戻した。

〝じゃあ、いいや。うん。許す。置いてきぼりにしたのを許すよ。純の用事って、おれに謝ることだったんだろ？〟

〝そうだけど……〟

違うとも言えずに頷いた。こんなに簡単に話が終わっていいのかと思っていると、大和が急に真面目な顔になった。

〝純の話は終わり。次、おれの話ね〟

言いたいことがあるようだ。普通に考えれば恨み言だろうかと思ったが、そんな雰囲気でもない。

二人の他には子猫のちびしかいないのに、大和は内緒話をするみたいに声を落として言った。

〝園川あかり〟

〝え？〟

聞き返した。まさか、ここでその名前が出てくるとは思わなかった。園川あかりとは、しばらく会っていない。たぶん、クラス委員としてだろう。授業のノートやプリントを持って来てくれた。

純自身は会わなかったが、持って来てくれたノートの端に「森下くんのＬＩＮＥを教えてください」というメッセージと、園川あかりのものらしきスマホの電話番号とLINE IDが書いてあった。

連絡はしていない。取るつもりもなかった。今となっては、別の世界の住人のように思えるからだ。

〝園川あかりがどうかしたの？〟

〝うん。そうなんだ。どうかしちゃってさ〟

意味の分からない台詞を言いながら大きく頷き、純が予想もしていなかったことを言い出した。

〝あいつ、おまえのことが好きなんだって〟

〝……は？〟

おかしな声が出た。

〝おれ、相談されてさ。純が園川あかりのことを好きだって、なんとなく知ってたから、何とかしてやるって約束しちゃったんだよ〟

〝嘘〟

思わず言うと、大和がバカバカしそうに言い返してきた。

〝死んでまで嘘つかねえって〟

〝……それもそうか〟

純は認めた。生きていたときだって、大和は嘘をつかなかった。ふと思いついて、親友に質問した。

〝園川あかりに相談されたのって、もしかして夏休みの前？〟

〝そうだったかなあ……。純が委員会か何かで用事があって、一緒に帰れなかったときだよ〟

——自分は、バカだ。

大和と園川あかりは、付き合ってなどいなかった。純をからかったわけでもなかった。仲を取り持とうとしたのだ。

〝もっと早く言おうと思ったんだけど、園川あかりがはっきりしなくてさ。自分で告白するって言ったり、おれに任せるって言ったり。しまいには、フラれたらどうしようって悩み出すんだぜ。乙女心ってやつ？　なんか、一人で青春《あおはる》してた〟

生きていたころと同じ調子でしゃべっているが、純はろくに聞いていなかった。

〝どうして？〟

言葉が、口から飛び出した。

〝ん？〟

〝どうして教えてくれるんだよ？〟

わざわざ、この世に戻ってきて教えてくれた。純のせいで死んだのに、お人よしすぎる。

〝どうしてって、分からないのかよ〟

大和が呆れた顔をした。純が黙っていると、いくらか小さな声で理由を言った。

〝親友が幸せになったら、うれしいじゃん〟

この言葉は、反則だ。

こんなことを言うなんて、反則だ。鼻の奥がツンとして、蛇口の壊れた水道みたいに涙が止まらなくなった。

大和も、自分の言葉が照れくさかったのだろう。茶化すように付け加えた。

〝おれ、超いいやつじゃね？〟

そして笑った。純も泣きながら笑った。そうだ。その通りだ。大和は超いいやつで、純の一番の親友だ。

この時間が永遠に続けばいいと思ったが、叶《かな》わなかった。唐突に終わりが訪れた。それを教えてくれたのは、猫の鳴き声だった。

〝にゃ！〟

窓の外から聞こえた。何かを教えるような声だった。大和を呼んでいるようにも聞こえる。

心のどこかで、こうなることを予想していたのだろう。純は、テーブルを見た。緑茶の湯気が消えていた。ポテトチップスおにぎりも冷たくなっている。

大和に何を言う暇もなく、ガタンゴトンと電車が近づいてくる音が聞こえてきた。カンカンカンカンと踏切も鳴っている。

〝やべえ〟

大和が立ち上がり、ちびねこ亭の入り口を開けた。外の空気が入ってきたが、もう夏のものではなかった。ふたたび景色が変わっていた。

海も空も砂浜もなかったけれど、錆びた線路や自販機も見えなくなっていた。あるのは、濃い霧だけだった。見渡すかぎり一面に、白い霧が広がっている。真白《ましろ》な世界がそこにあった。

〝おれ、行かなくちゃ。じゃあな。八十年後か九十年後に会おうぜ〟

せっかちに言って、外に飛び出していった。

カランコロンとドアベルが鳴って、その拍子に少しだけ霧が薄くなった。錆びた線路の上を、特急列車「さざなみ」が走っていくのが見えた。大和と白猫が乗っていた。窓を開けて、純を見ている。

〝うん。八十年後か九十年後に〟

返事をしたけど、その声が大和に聞こえたかは分からない。ただこれで、生きている間は二度と会えないということは分かった。

〝大和、じゃあね〟

一番の親友に別れを告げた。

大和に手を振った。

純の苦しみは終わったわけでも、本当の意味で許されたわけでもない。これからの人生でも、親友を死なせてしまったことを後悔し続けるだろう。

ちびねこ亭の扉が閉まり、特急列車が走っていく音が消えた。純はテーブルに顔を伏せて、たくさんたくさん泣いた。

ちびねこ亭特製レシピ

ポテトチップスおにぎり

材料（1人前）

・ごはん　1膳程度
・醤油　大さじ1/2
・ポテトチップス　適量

作り方

1　ごはんをボウルに入れ、醤油を垂らす。
2　ごはんを潰さないように混ぜ合わせる。
3　砕いたポテトチップスを2に加えて、軽く混ぜる。
4　ラップでおにぎりにして完成。

ポイント

醤油の代わりにだし醤油を使うと、コクのあるおにぎりになります。ポテトチップスはのり塩味がおすすめですが、好みの味をお使いください。

黒猫とラーメン

上総湊《かずさみなと》海浜公園

西側は上総湊海岸に隣接しています。園内の広大な緑地には、グランドゴルフやゲートボール等の軽スポーツが楽しめる広場や夾竹桃《きょうちくとう》で囲われた遊歩道は海岸へと続き、年間を通して利用者が多いです。

南側に波が穏《おだ》やかで透明度が高い遠浅の海水浴場があり、夏季においては海水浴客が多く、園内のシャワースペース及び更衣室が利用できます。

北側の海岸はハマヒルガオの保護区域であり、市民の憩いの場ともなっています。

公益財団法人　富津市施設利用振興公社のホームページより

結婚したのは、二十四歳のときだ。森宮恵《もりみやめぐみ》は、三つ年上の亮《りょう》と夫婦になった。できちゃった婚。授《さず》かり婚。呼び方は他にもあるみたいだが、つまりは、結婚するときに妊娠していた。

責められることではないし、そもそも誰も責めなかったけれど気恥ずかしさはあった。恋愛に積極的なタイプじゃなかったから、親や同僚にも言いにくかった。恋人がいることを秘密にしていたので、赤ちゃんがお腹にいると伝えたときには、びっくりされた。

「結婚に興味ない人かと思ってた」

いろいろな人から、そんなことを言われた。からかわれて面倒くさいと思ったりもしたけど、恵は幸せだった。愛する人と暮らせることが――家族ができることが、うれしかった。

そして娘が生まれた。夫婦で相談して、「花《はな》」と名付けた。森宮花。いい名前だと思う。本当に、いい名前だ。

○

夫の亮は、長距離トラックのドライバーだ。収入はよかったが、勤務は不規則で休みも少ない。三倍働いて二倍の給料を地でいくような仕事だ。働きすぎて身体を壊すんじゃないかと心配したが、亮は笑っていた。

「もっと忙しい会社は、いくらでもあるよ」

「え？　これより？」

驚いて聞き返すと、内緒話をするように教えてくれた。

「うん。どことは言わないけど、うちより忙しいのに残業手当をケチる会社もあるんだぜ」

運送業界にかぎった話ではなく、世の中、ブラック企業は多い。恵が口を閉じると、亮が心配性の配偶者を安心させるように付け加えた。

「うちの会社って大手だから、そこらへんはしっかりしている。ちょっとでも熱があると運転させてもらえないくらいだもん。完璧に体調管理してるし、されてるからさ」

アルバイトから正社員にしてもらったこともあって、勤めている会社を信用していた。

仕事が好きみたいだ。

一方、恵は地元の不動産屋に勤めていた。専門学校を卒業後、新卒で就職したところだ。宅建の資格も持っていて、職場では頼りにされている。休日出勤もあるし、残業も多いけれど、産休や育児休暇はしっかり取ることができた。亮ほどではないが、給料も悪くない。

つまり、夫婦ともに仕事が大好きだった。そして、お互いに忙しすぎた。結婚したばかりのころは気を使っていたが、だんだん、すれ違いが多くなり顔を合わせると喧嘩ばかりするようになった。

家族で遊びに行く約束をしても、急な仕事が入って破ってばかりいた。謝りもせずに「仕事なんだから仕方がない」を免罪符《めんざいふ》のように使った。仕事の苛々《いらいら》を家に持ち帰ることも多かった。

恵も亮も意地っ張りだ。自分が悪いときでも、「ごめん」と言えずに喧嘩を続けた。怒鳴り合ったりはしなかったけれど、何日間も口を利かないことはあった。

そんなとき、花は悲しそうな顔をした。どちらの味方をするわけでもなく、ただ悲しそうな顔をしていた。

離婚しようと言い出したのは、恵のほうからだった。腹立ち紛《まぎ》れに言ったのではなく、自分なりに考えて提案したつもりだ。これ以上、一緒にいないほうが幸せになれると思ったのだ。

○

しばらく考えてから、亮が返事をした。

「そうだな」

喧嘩ばかりの毎日に疲れていたのかもしれない。肩の荷が下りたような、ほっとした表情をしていた。それから、今までのことを謝り合った。

「迷惑をかけて悪かった」

「私のほうこそ、ごめんなさい」

素直に頭を下げるのは、初めてのことだったかもしれない。こうして夫婦は、元夫婦になった。

そのとき、花は小学三年生になっていた。いろいろなことが分かる年齢だ。離婚することを話さなければならない。

「話があるの」

そんなふうに切り出して、亮と二人で娘に話した。花は、親が離婚すると聞いても平然としているように見えた。

「そっか」

ただ、そう言っただけだった。泣くどころか反対もしない。この先、どうするのかという質問すらしなかった。

今どきの子どもは、あっさりしていると肩透かしを食らった気持ちになったが、恵は何も分かっていなかった。

この世には、言葉にできない気持ちがあることを知らなかった。

悲しみや痛みを我慢する娘の性格に気がつかなかった。

○

恵が、花を引き取ることになった。引っ越しもせず、今のマンションで娘と暮らす。亮が家を出ていく形だ。

「パパ、追い出されちゃうんだね」

「そういうことを言うなよ」

花にからかわれて、元夫は苦笑いを浮かべていた。彼には、彼の葛藤《かっとう》があった。

亮も娘と暮らしたがったが、長距離トラックのドライバーという職業柄、やっぱり無理があった。毎日帰宅できるとはかぎらない仕事だ。小学三年生の子どもの面倒を見ることはできない。仕事のある夜には、花を独りぼっちにしてしまう。

亮もそのことを分かっていて、親権を争いはしなかった。ただ、念を押すように言った。

「一緒に暮らせなくても、花のパパであることには変わりがないからな」

思い詰めた顔だった。離婚しようと話したときよりも、恵にプロポーズをしたときよりも真顔だ。

花と会えなくなると思ったのかもしれない。亮は心配性だった。恵は、安心させるように言った。

「当たり前じゃない」

「そうだよ。当たり前だよ、パパ」

娘が続けて言った。真面目な顔をしている。そんな顔つきをすると、当たり前だけど亮に似ていた。

「そっか。そうだよな。当たり前だよな」

亮が、ほっとしたように笑った。大袈裟《おおげさ》に胸を撫で下ろしている。そのしぐさがおかしくて、恵と花も笑った。家族三人で笑った。

離婚したのに、不思議なくらい幸せだった。

○

別々に暮らすことになって、距離を置いたのがよかったのかもしれない。離婚してからのほうが仲よくなった。喧嘩ばかりしていたのが嘘みたいに、お互いを思いやるようになった。

亮も自分も歳をとり、仕事の融通《ゆうずう》が利くようになったこともあっただろう。ある程度なら、自分の都合で休みを取れるようになった。

亮と連絡を取り合い、お互いの休みをやりくりして、家族三人で遊びに行った。花の学校が夏休みや冬休みになると、泊まりがけで旅行もした。アミューズメントパークにも行ったし、海や温泉にも何度か行った。一緒に暮らしていたころより、ずっと遊びに行っている。

三人で旅行することは楽しく、次の長期休暇が待ち遠しかった。そのことを職場で話すと、同僚たちに笑われ、そして呆れられた。

「離婚したんじゃなかったの?」

また、こうも言われた。

「復縁すればいいじゃない」

何度も聞いた言葉だった。親や友達にも言われた。そのたびに、恵は同じ返事を繰り返した。

「あり得ないから」

口先では否定していたけど、「復縁」という言葉は頭にあった。もう一度、亮と結婚して親子三人で暮らす。家族としてやり直す。

父親が大好きな娘のためでもあったが、恵自身の気持ちも傾いていた。泊まりがけで千葉県に遊びに行った帰りに、花に耳打ちされた言葉を思い出す。

パパ、ママのことがまだ好きみたいだよ。

ママに彼氏なんていないよなって、私に聞くんだよ。

胸がときめいた。

自分から離婚を切り出したくせに、離婚してほっとしたくせに、今でも亮のことが好きだった。

そして、亮も恵のことを気にかけてくれている。まだ好きでいてくれている。まだ自分を思っていてくれている。

うれしかった。頬が熱くなった。きっと、顔が赤くなっていただろう。

娘は、それを見逃さずに続けた。

パパ、そこまで悪くないと思うよ。

イケメンじゃないけど、やさしいし。

そのときは笑ってやりすごしたけど、心の中では、これからのことを想像していた。家族三人の今後を考えていた。

また同じ人と結婚するなんてバカみたいだ。最初から離婚しなければいいのに、と思う。でもバカでもいい気がした。離婚したからこそ、幸せになれる気もした。あの離婚は何だったんだろう、と三人で笑い飛ばせる日が来るように思えた。

遠回りが近道だったね、と分かったようなことを言っている自分の姿が思い浮かんだりもした。

だけど、恵は間違っていた。三人で暮らせる日も、バカみたいだったねと笑い飛ばせる日も来なかった。

遠回りは、結局、どの道にも続いていなかった。

○

復縁しないまま歳月が流れた。

恵は三十六歳になり、花は小学六年生になった。亮は、もうすぐ四十歳になる。歳をとるのは、あっという間だ。年月は、流れの速い川のようにすぎていく。必死に生きていても、置いてきぼりにされてしまいそうだった。

復縁こそしなかったが、身を寄せ合うようにして三人は暮らしていた。相変わらず仲はよかった。

亮をマンションに招いて食事をしていたときだ。両親のどちらに聞くともなく、花が質問してきた。

「私が中学生になったら、結婚するんでしょ？」

決まっていることを確認するような口調だった。

「おまえなあ……」

亮は苦笑いを浮かべたが、否定はしなかった。恵も黙っていた。そういう空気があるのは事実だった。

改まって話したことはなかったけれど、花が中学生になるのを一つの区切りに考えていたところがあった。

「そんなに引っ張らないで、早く結婚すればいいのに。おじいちゃんとおばあちゃんになっちゃうよ」

花が説教するように言った。身長も伸びて、めっきり大人っぽくなっていた。言うことも一人前だ。

「まあ、そうだな」

亮が返事をした。もともと娘に弱い父親だったが、最近では逆らう素振りさえ見せない。花に命令されたら、すぐにでもプロポーズしてきそうだった。そして、そのプロポーズを待っている自分がいる。

「結婚式には、私も呼んでね。中学の制服を来て出席するから」

どこまで本気だか分からない主張をした。両親に二度目の結婚式を挙げさせるつもりみたいだ。

「呼んでねって、娘なんだから出席は義務だぞ」

「義務じゃなくて権利」

本当に口が達者になった。本が好きなせいか、亮より難しい言葉を知っている。

何も起こらないまま夏になった。プロポーズもされなかったし、結婚式の話も出なかった。

もうすぐ夏休みが始まるころのことだ。職場でパソコンを叩いていると、スマホが鳴った。電話が来たみたいだ。

仕事中は私的な電話に出ないことにしていたが、ディスプレイを見ると、花の通っている学校からだった。さすがに無視することはできない。落ち着かない気持ちになり、上司に断ってから電話に出た。

「はい……」

名乗ろうとした瞬間、悲鳴みたいな声が耳を打った。

「森宮花さんのお母さまでいらっしゃいますかっ!?」

それは、花の担任の声だった。いつもは落ち着いている若い女性が、すっかり取り乱していた。

恵の心臓が跳ね上がった。胸が破れそうなくらいに激しく打っている。息苦しくなって、呼吸が上手くできない。

悪いことが起こった。これは悪い知らせだと、誰かが頭の奥で言っている。その声を否定しようとしたとき、担任の言葉が脳に届いた。

「花さんが倒れました」

誰かの言った通りだった。娘は、救急車で病院に運ばれていた。

教室で気を失った。

でも、大事《おおごと》じゃない。

たいしたことじゃない。

自分に言い聞かせた。病気じゃない。仮に病気だったとしても、すぐに治る軽いものだ。

何度も何度も繰り返した。

タクシーに乗って病院に向かう途中。

検査入院することになったとき。

検査の結果を告げられる直前。

自分に呪文をかけるように、同じ言葉を繰り返した。たいした病気じゃない。たいした

病気じゃない。たいした病気じゃない、と言い続けた。

言葉は大切なものだが、このときは役に立たなかった。担当医師から病名を告げられた。助からない病気だった。

あと半年の命だと言われた。呆気《あっけ》ないくらい簡単に、娘の寿命が尽きかけていることを教えられた。

「早まる可能性もあります」

沈痛な面持《おもも》ちで、医師は無情なことを言った。子どもの病気の進行を予想するのは難しいんです、とも言った。

このとき、そばには亮がいた。医師の話を聞きながら唇を嚙みしめて、どこか遠くを睨《にら》んでいた。無言で話を聞いていたが、医師が口を噤《つぐ》むと、ダムが決壊したように叫びだした。

「おれは信じない！　花が死ぬなんて絶対に信じない！　嘘に決まってる！　嘘に決まってる！」

別れた夫は、泣いていた。恵だって同じ気持ちだ。こんなの、間違ってる。絶対に間違ってる。あと半年の命だなんてあり得ない。

世の中には受け入れられないことがある。花が死ぬわけがない。まだ小学六年生だ。恵や亮の三分の一も生きていない。

子どもが、親より先に死ぬわけがない。医学だって進歩しているのだから、きっと助かるに決まっている。きっと助かる。きっと助かる。

「そうよ。治るに決まってる」

恵は言ったが、やっぱり涙はあふれていた。

○

花の病気の進行は早かった。医師が予想したより早く進んだ。

細胞が若いと進行が早いというが、本当にそのせいなのかは分からない。最新の治療も、海外から取り寄せた薬も効かなかった。病気の進行を遅らせることさえできなかった。

娘の身体に巣くった病魔は、容赦《ようしゃ》がなかった。幼い花を苦しめた。家に帰って来ることができないまま痩《や》せ細り、気づいたときにはベッドから起き上がれないほど衰弱していた。

娘の命が、一秒ごとに削られていく。生きることは死に近づくことだ、と神さまに言われているように感じた。

死は、この世のすべての人間に訪れる。誰もが、いずれ死ぬ運命にある。だからといって小学六年生の娘が死んでしまうのは、あんまりだ。本当に神さまがいるのなら、花を助けてやって欲しい。

娘は、自分の寿命が尽きかけていることを知らない。余命宣告を受けたことを話していない。来年の春には治る病気だと説明した。中学校の入学式には出られるから、と子どもに嘘をついた。

それは、亮と二人で決めたことだった。それからもう一つ、決め事をした。娘の前では泣かないと決めた。

親が泣いていたら、子どもは不安になる。子どもは泣くことができなくなる。気の済むまで泣かせてやるのも親の務めだ。

でも、花は滅多《めった》に泣かなかった。身体を蝕《むしば》まれる痛みや、治療の辛さに耐えきれずに涙を流すことはあっても、声を立てては泣かなかった。

苦しいだろうに、辛いだろうに、わがままを言わない。いつだっておとなしくしていて、親や医師、看護師を困らせることもなかった。

でも一つだけ、自分の願いを口にした。亮も看護師も医師もいないときに、恵に言った。

「……セーラー服」

話すことも辛いらしく、これだけの言葉を言うことさえ苦しそうだった。

花は夏に倒れて、余命半年と言われた。それから、まだ五ヶ月しか経っていないのに終わりが見えていた。

余命半年の予想は悪いほうに変わった。いつ意識を失っても——そのまま帰って来なくても不思議はない、と修正されていた。

「中学の制服のこと？」

そう聞き返した。花が通うことになっている中学校は、セーラー服だった。花は、セーラー服を着ることを楽しみにしていた。病気になる、ずっとずっと前から楽しみにしていた。

恵と亮が復縁した暁《あかつき》には、中学校の制服を着て結婚式に出席すると言い張っていた。

「制服が欲しいの？」

「……うん」

娘は、小さく頷いた。その目には、涙がたまっていた。

○

恵は、セーラー服を手に入れた。昔ながらの濃紺カラーのセーラー服で、白いリボンが付いていた。清楚なデザインの制服は、真面目な花に似合うだろう。セーラー服を着て中学校に通う娘の姿が思い浮かんだ。

「ママ、ありがとう……」

ベッドに横たわったまま、花はうれしそうに言った。でも、もう身体を起こすこともできない。病気はさらに進み、意識のない時間のほうが長くなっていた。今日みたいに目を覚ましていても、セーラー服を着ることはできない。そんな体力は残っていなかった。泣きそうになったけれど、泣いてはいけない。娘に泣いている顔を見せてはならない。娘を不安にさせてはならない。何もできない親のせめてもの務めだ。

恵は涙を呑み込み、明るい声を絞り出して言った。

「ここにかけておくから」

ベッドから見えるように、病室の壁にかけた。新しい制服のにおいが広がった。

「うん……」

花は頷き、いつまでも制服を見ていた。いつまでも、いつまでも、ずっとずっと見ていた。

○

その日がもうすぐ訪れることを教えてくれたのは、やっぱり医師だった。病院に呼ばれて、告げられた。

「今週いっぱいが、山だと思います」

電源を落としたように、目の前が真っ暗になった。恵は、口を手で押さえつけた。ぎゅっと押さえつけた。

だけど我慢できなかった。自分の手の甲を嚙みながら泣きじゃくった。声を立てて泣いた。泣きながら、神さまに問いかけた。

どうして、あの子だけがこんな目にあうんですか？

どうして花なんですか？

病気にならない人間は、たくさんいる。自分も亮も、風邪一つ引かずに生きている。花の同級生だって、死んだ子どもはいない。それなのに、花だけが病気になってしまった。治らない病気になってしまった。

答えてくれない神さまに、今度は祈った。

花を助けてください。

あの世に連れていかないでください。

どうか、娘の時間を奪わないでください。

神さまは、どこまでも意地悪だった。願いを聞くどころか、花の寿命を縮めてしまった。あの世に連れていってしまった。

三日後のことだった。

十二月なのに暖かく、風一つない穏やかな天気の日だった。恵と亮は、朝から病室に詰めていた。

花は鼻に酸素吸入のチューブを挿《さ》して眠っている。頬が痩《こ》けているが、やっぱり病気には見えなかった。恵は、娘の手に触れた。目を覚ます気配はなかった。もう、何も感じないのかもしれない。

昼すぎのことだった。何の前兆もなく花の血圧が下がり、呼吸が止まった。看護師が医師を呼び、駆けつけた医師は花を診察した。そして、それが最後の診察になった。

医師が恵と亮を見て頭を下げた。

「残念ですが――」

その後の言葉は聞こえなかった。子どもの前で泣かないと決めていたのに、そう約束したのに、亮が叫び声を上げるように泣き出したせいだ。うおううおう、と獣の咆吼《ほうこう》にも似た声が病院に響いた。床に全身を投げ出すようにして、両腕を叩きつけるようにして泣いている。

大きな声を出したら迷惑だ。ここは病院だし、医師や看護師だって困っている。恵は、別れた夫を宥《なだ》めようとした。

しかし、言葉は出て来なかった。

喉から出るのは、嗚咽だけだった。

恵も泣いていた。

声を立てて泣いていた。

○

花は、自分の病気を知らないまま死んだ。最後まで治ると信じていた。だから、セーラー服をねだったんだ。

そう思っていた自分は、何も分かっていなかった。本当に、本当に、本当に何も分かっていなかった。

そのことを知ったのは、花のいなくなった病室を片付けているときだ。らくがき帳が出てきた。花が使っていたものだ。そこには、たくさんの絵が描いてあった。アニメやディズニーのキャラクターを真似したものや猫、桜の花びら。それから、恵と亮と花の三人で、どこかを歩いているらしき絵もある。鉛筆で描いただけなのに、ちゃんと何の絵なのか分かった。

「絵、上手ね」

誰にも届くことのない声で呟《つぶや》き、さらにページをめくった。すると、最後のページに手紙があった。

亮と恵に宛てた手紙だった。

パパ、ママ、ありがとう。
花、幸せだったよ。
パパとママの子どもで幸せだった。

何行分かの隙間を空けて、こんな言葉も書いてあった。ページの下のほうに書いてあった。

病気になっちゃって、ごめんなさい。

先に死んじゃって、ごめんなさい。

パパとママの結婚式に出られなくて、ごめんなさい。

セーラー服を着られなくて、ごめんなさい。


震えているが、娘の筆跡だった。最後の一ヶ月くらいは、字を書ける状態ではなかった。つまり、ずっと前から、死を覚悟していたということになる。病気を知っていたのだ。花は、自分が死ぬことを分かっていながら何も言わなかった。何も言わずに死んでしまった。

怖かっただろうに、泣かなかった。

亮と恵の前では泣かなかった。

親が困ると思っていたのかもしれない。病院のベッドに横たわる娘の姿が思い浮かんだ。

独りぼっちで死を待っている。

娘の苦しみに気づかなかった。

病気を治してあげられなかった。

親なのに、何もしてやれなかった。

「花、ごめんね……」

呟いた言葉は、やっぱり、どこにも届かない。

恵は、らくがき帳を抱き締めた。赤ん坊のころの花を抱くように抱き、ぽたぽたと涙を床に落とした。

○

娘が死んだ後も、恵の人生は続いた。世界は終わらなかった。終わったのは、花の人生だけだった。

通夜で泣き、葬儀場で泣き、火葬場で泣き、墓の前で泣いた。花のいない家に新しい位牌を置いて、また泣いた。寝ても覚めても泣いていた。

でも、どんなに泣いても涙は涸《か》れず、悲しみは癒《い》えることがなかった。それなのに、日常は流れていく。娘がいなくなっても、世の中は変わらない。幼い命が失われたことなどなかったかのように世間は動き続ける。

恵は、花の部屋で多くの時間をすごした。娘が生きていたころのままにしてある。小さなベッドにランドセル。学習机に置いてある黒猫のぬいぐるみは、恵が作ったものだ。首輪の代わりに、赤いリボンを付けている。花のお気に入りだった。

入院が決まったとき、病院にぬいぐるみを持っていくかと聞いたが、娘は首を横に振った。

「この子は、病院が嫌いだから」

そう言って、わがままなんだよねと続けた。

本棚には、小学校六年生の教科書が並んでいる。新しく、中学校の教科書が並ぶことはない。花の人生は、ここで断ち切られてしまった。小学校を卒業する前に終わってしまった。

教科書を見ているうちに、また、涙があふれてきた。堪《こら》えきれずに膝を突き、うずくまるように両肘を床に突いた。涙が絨毯《じゅうたん》に落ちる。娘の名前を何度も、何十回も呼びながら泣いた。

返事は聞こえない。どんなに呼んでも、娘は返事をしてくれなかった。もう、この家には自分しかいない。

○

朝になり、恵は家を出た。どこかに行こうと思ったわけではない。家にいられなくなって、ふらふらと出かけた。

財布とスマホを持っていたところからすると、遠くに行こうと思ったのかもしれない。買い物に行こうと思って家を出た可能性もある。

記憶は曖昧《あいまい》だ。娘が死んでから、記憶はずっと曖昧だ。ときどき途切れるように抜け落ちている。

このときもそうだった。気づいたときには、電車に乗っていた。

こんなとき、スイカは便利だ。どこに行くのかを決めてなくても電車に乗ることができる。残高があるかぎり、どこまでも行ける。どこにも行きたくないのに、どこまでも行ける。

車内に放送が流れた。東京駅行きだった。しかも、今日は、十二月二十九日だ。

冬休みだからか午前中の中途半端な時間だからか、それほど混んでいなかった。座席も空いていたが、座らなかった。座りたくなかったのだ。

立ったまま流れる車窓を見ていた。景色は勝手に流れていく。暦《こよみ》も勝手に進んでいく。やがて東京駅に着いた。いつの間にか人がたくさん乗っていた。これから帰省するらしき人々もいる。

見知らぬ乗客たちに押し出されるように電車から降りたが、どこに行くかは決めていなかった。

これからどうするのかを考えることもできず、ホームでぼんやりと立っていた。家の外でも、ときどき意識が途絶える。自分がどこにいるのか、何をしようとしているのか分からなくなってしまう。

電車が来るたびに吸い込まれそうな気持ちになった。ホームドアが設置されていなかったら、本当に吸い込まれていたかもしれない。

何本目かの電車が目の前を通過していったとき、スマホに着信があった。電話がかかってくるのは珍しいことではない。毎日かかってくる。両親からもかかってくるし、職場の上役や同僚も気にかけてくれる。でも、一度も出なかった。電話をもらうたびに、話す気持ちになれない、とメールを返した。

たった今、電話をかけてきたのは、別れた夫の亮だった。彼も、毎日電話をかけてくる。家を訪ねてきたこともある。

心配してくれているのだろうけど、やっぱり話す気持ちになれない。声を聞くのも辛かった。電話には出ず、そのままポケットに戻した。しばらく鳴っていたが、ほどなく静かになった。

その瞬間、頭に浮かんだことがある。亮からの電話がきっかけだったのかもしれない。どこに行くのかが決まった。海の町に行こう。そう決めた。東京駅から総武線快速に乗って内房の町に行くことにした。

花の病気が見つかる前に、家族三人で遊びに行った場所だ。

○

長距離トラックのドライバーという仕事柄、亮はいろいろな土地のことを知っている。観光名所はもちろん、穴場と呼ばれるようなスポットまで知っていた。家族で遊びに行く場所を提案するのは、いつだって彼の役目だった。

ただ、休みの日まで運転したくはないらしく、電車やバスを使って遊びに行くことが多かった。

「たまには、パパの運転するトラックで行きたいな」

花がそう言ったことがあるが、もちろん冗談だ。家族旅行で仕事のトラックを使えないことくらいは理解していた。

その日――ちょうど、去年の今ごろのことだ。小学五年生になった花の冬休みを利用して、千葉県に行くことになった。

このとき、亮が提案したのは内房の町だった。悪い場所ではないだろうが、海水浴の季節でもなく小学生が行くには地味に思えた。

「ディズニーランドのほうがいいんじゃない？」

「駄目だよ。絶対混んでるもん。冬休みなんだよ、ママ。時期を考えなきゃ」

花が、もの知らずの母親を諭《さと》すように言った。ずっと子どもだと思っていたら、いつの間にか大人びた口を利くようになっている。

また、こんな台詞も口にした。

「混んでるときにね、恋人同士でディズニーに行くと、行列しているうちに苛々して喧嘩しちゃうんだって。だから花は行かないの」

慌てたのは亮だ。

「おい、恋人って――」

娘に彼氏ができたと思ったのだろう。泡を食った顔で問い詰めようとする。

するとˋ、花が吹き出した。ケタケタと笑いながら言葉を返した。

「違うよ。私じゃなくて、パパとママのことだよ。私、まだ小学生だよ。恋人なんかいるわけないじゃん」

「そっか。そうだよな」

亮が胸を撫でおろしているが、それは甘いというものだ。娘に恋人ができるのは時間の問題だろう。亮は、今以上に慌てる。

明日は、必ずやって来る。子どもは、すぐに大きくなる。そして、親の手から離れていくものだと、そのときは思った。

でも、違った。

大きくはならなかった。

明日のない今日があった。

娘は、ずっと小学生のままだ。恋人と一緒にディズニーランドに行くこともない。父親を慌てさせることもない。

○

あのときと同じように、東京駅から二階建てのグリーン車に乗って、海の町にやって来た。

電車は君津駅止まりだったが、行こうとしているのは君津市ではなかった。目的地は、もう少し先にある。内房線の各駅停車に乗り換えて、君津駅からさらに下ったところにある上総湊駅に向かった。

「旨いラーメン屋があるんだ」

去年、こんな亮の一言をきっかけに、家族はこの駅にやって来た。

他にも海を見たり、マザー牧場に行ったりもしたが、一番の目的はラーメンを食べることだった。花の大好物だ。どこに遊びに行っても、必ずと言っていいほどラーメンを食べたがる。

恵としては、せっかく千葉県に来たのに、わざわざラーメンを食べにいくのは不満だった。

「上総牛《かずさぎゅう》だって、お刺身だってあるのに」

文句を言うと、娘に諌《いさ》められた。

「節約だよ、ママ。贅沢は癖になるよ」

もっともらしいことを言っているけれど、もちろんラーメンを食べたいだけだ。亮が吹き出し、恵も笑った。花も真顔を保ちきれなくなったらしく笑い出した。世界で一番幸せな家族だった。

独りぼっちの恵は、上総湊駅で降りた。県立高校があるらしく、平日の通学時間には混雑するようだが、十二月も終わりに近いこの時期は閑散《かんさん》としている。もう冬休みだ。ホームには誰もいない。無人駅だからだろう、駅員の姿も見えなかった。

これから行くのは、ラーメン屋ではない。この上総湊駅から徒歩五分のところに、上総湊海浜公園がある。ラーメンを食べた後に、家族三人で立ち寄った場所だ。今、恵は一人、そこに向かっていた。

ハマヒルガオの保護区域としても有名だが、この季節に花は咲いていない。十二月の空と砂浜が広がっているばかりだった。

こんなところも、前に来たときと一緒だ。去年も、ハマヒルガオの花を見ることはできなかった。娘が残念そうに言ったことをおぼえている。

「一つも咲いてないね」

季節外れに咲く花を期待していたようだ。

「また来ればいいだろ。来年の五月とか六月にさ」

亮が言うと、花が意地悪な顔をした。

「来年も、ママと来られるといいね」

「え？」

別れた夫が、きょとんとした顔になった。一方、小学五年生の娘は意地悪な顔のまま続ける。

「来年は、新しいパパと来たりして」

もちろん冗談だ。たぶん、冗談だ。そんな男性は、恵のそばにいない。分かっているだろうに、亮が凹《へこ》んだ声を出した。

「ええ……」

眉を八の字にして、本気で落ち込んでいるように見える。実際、真に受けているのかもしれない。亮は真面目な性格で、花の冗談を真に受けることがあった。だから、娘にからかわれる。

花は笑っているが、恵は別れた夫が気の毒になった。

「来年も、この三人で来ましょう。ハマヒルガオの花が咲いている季節にね」

そう提案すると、花が真っ先に同意した。

「うん。またラーメンを食べる」

「おまえは、本当にラーメンが好きなんだな」

「そうだよ。パパと同じくらい好き」

「ええと、それはよろこんでいいのか？」

亮が複雑な顔で質問し、また笑った。とにかく、ふたたび上総湊駅に来る約束をした。

でも、その約束は果たせなかった。ハマヒルガオの花を見ることなく、娘は死んでしまった。恵は、一人で上総湊海浜公園に立っている。

どうして、ここに来たんだろう？

ふいに途方に暮れる。花を思い出して悲しくなることは分かっていたのに、内房の町に来てしまった。導かれるように来てしまった。

もしかしたら、娘が自分のことを思い出して欲しくて、導いたのだろうか？

だとしたら、見当違いだ。

花は、間違っている。思い出す必要なんてない。

「一秒だって忘れたことはないから」

この世にいない娘に言った。ずっと、おぼえている。この先も忘れない。生きているかぎり忘れない。

○

ふと気づくと、夕陽が沈み始めていた。もうすぐ日が暮れる。このまま、上総湊海浜公園にいるわけにもいかない。

駅に戻り、上り電車に乗った。恵の乗った車両には、誰もいなかった。座ることができた。このまま、君津駅まで行けばグリーン車に乗ることができる。あまり疲れずに帰ることができるだろう。

しかし、東京に戻る気持ちにはなれなかった。青堀駅で下車した。家族三人で遊びに来たときも、ここで降りた。

改札口を出ると、落ちかけていた日が沈んでいた。駅前の通りにひとけはなく、道路を走る自動車も疎《まば》らだった。

その道をまっすぐに歩いた。当てもなく歩いているわけではない。小糸川沿いにある旅館に行こうとしていた。昭和情緒を感じる美しい旅館だ。去年、花や亮と泊まった。今日もそこに泊まりたかった。

予約を取っていなかったが、電話をすると部屋が空いていた。人気の宿だけに意外だった。名前と連絡先を伝えて部屋を取り、ふたたび歩き始めた。

旅館までは三十分とかからない。家族で来たときも、青堀駅から歩いた。遠かった記憶はない。そのときと同じように行こうと思ったが、何歩か歩いたところで、急に目眩《めまい》に襲われた。

寝不足が祟《たた》ったのか、頭の芯が痛かった。目の奥も痛い。吐き気も感じた。バスかタクシーを使えばよかった。後悔したが、今さらどうにもならない。急激に体調が悪くなった。目の前がぐにゃりと歪《ゆが》み、立っていられなくなり道の端でしゃがんだ。何分かそうしているうちに頭痛は引いてきたが、まだ立ち上がれそうになかった。絶望にも襲われていた。家族三人で旅行した場所を巡ったところで、花はもう帰って来ない。自分は無駄なことをしていると思ったのだ。

何もかもがどうでもよくなった。投げやりな気持ちになって、そのまま、しゃがみ込んでいた。目を閉じて、じっとしていた。

どのくらい、そうしていただろうか。声をかけられた。

「大丈夫かね？」

顔を上げると、禿頭《とくとう》の老人が心配そうに恵を見ていた。最初は知らない人間に声をかけられたと思ったが、顔を見ているうちに思い出した。青堀駅前にある眼鏡屋の老店主だ。

一年前に、亮がその店でサングラスを買った。似合わないよ、ママに嫌われちゃうよ、と花にからかわれていたっけ。

そのときに見た店内の様子も思い浮かんだ。昔ながらの眼鏡屋で建物も什器《じゅうき》も古びていたが、店内は清潔だった。

昭和の眼鏡職人といった風情《ふぜい》の老店主にも好感を持った。余計なことは何も言わず、皺《しわ》の多い手でサングラスを調整してくれた。

近所にあったら、きっと常連になっていただろう。恵はコンタクトレンズを入れているが、花も視力がよくなかった。中学生になるころには、眼鏡かコンタクトレンズをしていたかもしれない。

でも、その未来はやって来ない。娘が中学生になることは、永遠にないのだ。花の人生は終わってしまった。

娘の顔が思い浮かぶ。何を見ても何を考えても、花のことが思い浮かぶ。

思い出は、残酷だ。

人の記憶は、無神経だ。

恵の目から、また涙があふれた。とめどなく流れていく。悲しすぎて、泣いてはいけないと思うことさえできない。

人は辛いことがあると、周囲が見えなくなったり、言葉が聞こえなくなったりするものだが、このときの恵もそうだった。

眼鏡屋の老店主がどんな顔をしていたのか、どんな言葉を投げかけてくれたのかもおぼえていない。娘が死んでしまったことを話した気もするが、それさえ断言はできない。

ただ、泣いていた。

ずっと、泣いていた。

花に会いたくて、泣いていた。

その言葉が脳に届いたのは、涙の雫《しずく》が歩道のアスファルトに落ちたときだった。

ちびねこ亭に行くといい。

不思議な言葉だった。

耳に届いた声がくぐもっていたこともあり、本当に聞いたのか自信が持てず、恵は、問うように老店主の顔を見た。

幻聴ではなかった。彼は繰り返した。

「ちびねこ亭という食堂が、海のそばにある。小糸川の先だ。そこに行ってみるといい」

今度は、はっきりと聞こえた。だけど、話の流れが分からない。どうして、その食堂に行くべきなのか分からない。

恵は声に出して聞き返した。

「行くと、何があるんですか？」

「大切な人と会える」

そして、老人は不思議な話を始めた。ここで聞いたのは、長い話ではなかった。まとめてしまえば三行にも満たない。

ちびねこ亭に行って食事をすると、死んでしまった人間に会える。その食事は「思い出ごはん」と呼ばれている——。

死者と会える店。

そこに行けば、花と会えるということだ。

どんなふうに反応したらいいのか分からなかった。身内に不幸があると、怪しげな連中がつけ込んでくることがある。恵の家にも、宗教の勧誘が来た。法外な値段で数珠や印鑑を売りつけられそうになったことがあった。

目の前の老人も、そんな一人だろうか？　そうは見えなかったけれど、人は見かけによらない。

疑っていると、眼鏡屋の老店主が静かに言葉を重ねた。

「信じるか信じないかは自由だ。老いぼれの戯言《たわごと》だと聞き流してくれてもいい」

まだ体調が悪いのか、ふたたび声が少しくぐもって聞こえた。誰かが老人の口を借りて語りかけてきているようにも思えた。

信じるか信じないかは自由。

その言葉が、胸に染み込んできた。乾いた砂に水をかけたように、心の奥まで染み込んできた。

人は、信じたいことだけを信じる。信じられないことでも、信じようとする。恵だってそうだ。もう一度、花に会える場所があると信じたかった。あの世に行ってしまった娘に会いたかった。

だから、眼鏡屋の老店主の言葉を信じた。その店に行かずに帰ったら、きっと後悔する。

「ちびねこ亭のことを教えてください」

そう言って、恵は眼鏡屋の老店主に頭を下げた。

○

「年寄りに立ち話は毒だ」

老店主は、恵を眼鏡屋に入れてくれた。もちろん倒れかかった恵を気遣《きづか》ってのことだろう。お湯を沸かして、温かいお茶を淹《い》れてくれた。

店内には、何も物がなかった。眼鏡も視力検査の器具も見当たらない。また、人の気配もなかった。店は住居を兼ねているようだが、老人の他には誰もいないように思えた。

「区画整理があって、店を閉めることにしたんだ」

説明は、それだけだった。自分のことを話すつもりはないらしく、すぐに、ちびねこ亭の話を始めた。悲しい話から始まった。夫を海難事故で亡くした女性が始めた食堂だというのだ。

「海に出たまま帰って来なかったんだ」

遺体も見つかっていないという。海難事故では珍しいことではなく、人間の身体をさがすには海は広すぎるとも言った。

「だが、七美さんは諦《あきら》めなかった」

七美さんというのが、ちびねこ亭を始めた女性らしい。知り合いなのかもしれない。親しげな口振りだった。

「夫の無事を祈って陰膳《かげぜん》を作った。食堂でも作っていた」

そう言ってから、恵に聞いた。

「陰膳というものを知っているかね?」

「いえ」

首を横に振った。聞いたことはあるけど、ちゃんとは知らない。葬式の後に食べる食事のことかとも思ったが、それでは、「夫の無事を祈って」という言葉の意味が通じなくなる。

「長い間不在の人のために、家族が無事を祈って供える食事のことだよ。最近は、法事や法要のときに、故人のために用意する食事をそう呼ぶこともあるようだ。通夜ぶるまいや精進落《しょうじん》としの席にも用意されているやつがそうだ」

七美が作ったのは、前者の陰膳だった。それが話題になり、なぜか、後者の意味の陰膳を注文する客が現れた。

思い出ごはん、作ります。

そんな言葉を看板代わりの黒板に書くようになった。すると、奇跡が起こった。ちびねこ亭に行って死者を偲《しの》ぶ料理を食べると、死んだ人間が現れるようになったというのだ。

「たくさんの人間が会った。死んでしまった大切な人間と会った」

老人の口調は淡々としていた。真実だけを話している口調だ。

疑う気持ちは、もう、どこにもなかった。ただ知りたいと思った。

「花にも……、娘にも会えますか？」

「そればかりは分からん。会えることもあれば、会えないこともあるようだ」

そう答えた老店主の顔は、どこか遠くの景色を見ているようだった。大切なことを思い出しているようでもあった。

○

眼鏡屋の老店主にタクシーを呼んでもらい、予約を取った旅館に行った。五分もかからずに到着した。

前に家族で来たときと同じように従業員は感じがよかった。恵を部屋まで案内してくれた。

泊まることになったのは、静かな部屋だった。窓を開けると、小糸川のせせらぎが聞こえてきた。

「ごゆっくり、おすごしください」

旅館の従業員が挨拶をして部屋から下がっていった。疲れていると思われたのか、あまり話しかけて来なかった。これから、やらなければならないことがある身としては、気遣いがうれしい。

恵は一人になると、眼鏡屋の老店主に教えてもらった食堂に電話をかけた。スマホの画面に指を滑らせた。

電話番号は合っていたようだが、すぐには出なかった。閉店している時間だからだろう。呼び出し音が、何度か鳴った。それでも諦めずにスマホに耳を押し付けていると、やがて人が出た。

「お電話ありがとうございます。ちびねこ亭です」

若い男の声だった。

今すぐにでも行きたかったが、朝ごはんの店だと教えられていた。また、思い出ごはんを食べるためには予約が必要だとも聞いていた。

「明日、予約を取れますか？」

いきなり聞いていた。挨拶もせずに失礼だとは分かっていたけれど、逸《はや》る気持ちを抑えることができなかった。

こんな電話に慣れているのか、若い男は即座に答えた。

「午前中だけの営業となっておりますが、それでもよろしければ可能です」

心のどこかで、その返事を予想していた気がする。予約が取れることを知っていた気がする。海の町にやって来て、ちびねこ亭に行くのが決まっていたことのように思えた。

「思い出ごはんをお願いします」

恵は言った。眼鏡屋の老店主に教えてもらったと告げて、花のことを話した。死んでしまった娘のことを話した。涙があふれ嗚咽がこみ上げてきたけど、どうにか最後まで話すことができた。

若い男は、ときどき質問を挟みながら真面目に聞いてくれた。知らない女に泣かれて面倒くさいだろうに、迷惑そうな素振りは見せなかった。恵が話し終えると、こんなふうに言ってくれた。

「明日、ちびねこ亭でお待ちしております」

朝一番の時間に予約を取ることができた。ちびねこ亭の年内の営業は、明日で終わりだとも言われた。

名前と連絡先を伝えて電話を切ろうとしたときだった。若い男が、急に思い出したように聞いてきた。

「当店には猫がおりますが、大丈夫でしょうか？」

眼鏡屋の老店主から聞いていないことだったが、意外な質問ではなかった。ちびねこ亭という店名だけあって、看板猫がいるのだろう。

猫カフェでもないのに店内にいるのは珍しい気もするが、海の町ではよくあることなのかもしれない。恵は猫嫌いではないし、アレルギーもない。正直に言うと、どうでもよかった。

「はい。大丈夫です」

そう答えると、若い男はほっとしたようにお礼を言ってきた。

「ありがとうございます」

そして最後に、福地櫂と名乗った。ちびねこ亭の主のようだ。眼鏡屋の老店主が言っていた「七美さん」と、どんな関係なのかは分からない。

○

朝になった。

よほど疲れていたのか、川のせせらぎが心地よかったからか、ぐっすりと眠ることができた。正体もなく泥のように眠った。誰かの夢を見たような気がするが、よくおぼえていない。

窓を開けると、雲一つない青空があった。吐く息が白かった。地面に霜が降りている。昨日より寒いみたいだ。

本来なら旅館で朝食が出るが、昨日のうちに断ってある。思い出ごはんを食べるのだから朝食はいらない。

身なりを整えて部屋を出た。他の客に会うことなく、旅館の玄関まで歩いた。

「いってらっしゃいませ」

旅館の従業員がにこやかに見送ってくれた。口数は多くないが、相変わらず感じがいい。

これから、恵が観光に行くと思ったみたいだ。

君津駅周辺には、人見《ひとみ》神社や成願寺《じょうがんじ》といった有名な寺社がある。成願寺の境内には梅、ケヤキ、サルスベリ、モチなどの樹木に加えて、樹齢約百年の「しだれ桜」の大木があるという。

花が生きていたら見に行ったかもしれないけれど、一人では行く気持ちになれなかった。

小糸川沿いの道を歩いて、東京湾に向かった。思っていた以上に海は近かった。十分といかないうちに、川のせせらぎが波の音とウミネコの鳴き声に変わった。ミャオミャオ、ミャオミャオと鳴いている。

昨日の電話で教えられた通りに進むと、砂浜があり、やがて白い小道に出た。雪が積もっているようにも見えたが、白い貝殻だった。神社の白玉砂利のように道に敷いてある。ちゃんと手入れをしているのか、それとも新しい貝殻を敷いたばかりなのか、朝の日射しを受けて真珠のように輝いていた。

その小道の終わりに、青い建物があった。入り口の脇には、カフェで見かけるようなスタンド型の黒板が置いてある。

ヨットハウスにも喫茶店にも見えるが、あれが、ちびねこ亭だ。大切な人と会える食堂。旅館から十分ちょっとしか歩いていないのに、長い旅の果てに辿り着いたように思えた。恵は、黒板のそばまで歩いた。おすすめのメニューでも書いてあるのかと思ったが、その予想は外れる。

白いチョークで店の名前と文章が書かれていた。

ちびねこ亭

思い出ごはん、作ります。

付け加えるように、小さく注意書きがあった。

当店には猫がおります。

子猫の絵が添えられている。電話の言葉を思い出す。この子が、ちびねこ亭の看板猫なのだろう。猫推しの店みたいだ。

文字も絵も柔らかで、女性が描いたもののように見えた。「七美さん」が描いたのだろうか？

考えても分かることではない。それに、誰が絵を描こうと、自分には関係のないことだ。恵は、店の扉を押した。

カランコロンとドアベルが鳴った。昔ながらの喫茶店にありそうな音だ。レトロで、耳に心地いい。

次に聞こえてきたのは、猫の鳴き声だった。

「みゃん」

恵を出迎えるように、茶ぶち柄の子猫が入り口のそばに座っていた。少し首を傾げて、こっちを見ている。

そして、そこにいたのは、猫だけではなかった。

「いらっしゃいませ。ちびねこ亭にお越しいただき、ありがとうございます」

二十歳くらいに見える若い男が頭を下げた。アイドルのような二枚目だった。人形のように顔立ちが整っていて、縁の細い華奢《きゃしゃ》な眼鏡をかけていた。

雰囲気としては、少女漫画の主人公に近いだろうか。繊細《せんさい》でやさしそうな容貌だ。声の感じからして電話で話した福地櫂のような気がするが、確信は持てない。

「森宮さまでいらっしゃいますね」

静かな声で聞かれた。恵が「はい」と頷くと、自己紹介を始めた。

「お電話を承《うけたまわ》りました福地櫂と申します」

やっぱり、予約を取ったときに話した若い男だった。

「これは、当店のちびです」

と、真面目な顔で子猫まで紹介した。

「みゃあ」

ちびが挨拶をするように鳴き、とことこと壁際に置いてある安楽椅子の足もとまで歩いていった。そこに、ぴょんと飛び乗ったと思うや丸くなってしまった。こっちを見ようともしない。愛想がいいのか悪いのか分からない子猫だ。

眼鏡屋の老店主が言っていた「七美さん」はいないみたいだ。出かけているのだろうか？　とにかく食堂には、櫂と子猫のちびしかいない。客もいなかった。まるで貸し切りだ。

ちびねこ亭は、八つしか席のない小さな店だった。カウンター席はなく、四人掛けの丸テーブルが二つ置かれているだけだ。しかし、客が恵一人だと広く感じる。

「こちらの席にどうぞ」

櫂に案内されたのは、窓際のテーブルだった。見晴らしのいい席だった。窓は大きく、内房の海と青空が見える。ウミネコたちが、十二月の寒空を飛んでいた。ミャオミャオと鳴くと、ちびが丸まった格好のまま面倒くさそうに返事をした。

「みゃん」

そんなはずはないのに、子猫とウミネコが会話をしているみたいだった。

店員は二枚目だし、子猫は可愛らしい。居心地のいい食堂だ。だけど本当に、この店で花と会えるのだろうか？

寺社や教会を思わせるような宗教的な雰囲気は微塵《みじん》もなかった。穏やかな日射しに満ちあふれている。普通に感じのいい店だ。

眼鏡屋の老店主に聞いたことを質問しようとしたとき、櫂がその言葉を口にした。

「ご予約いただいた思い出ごはんをお持ちいたします。少々、お待ちくださいませ」

家族三人で旅行した場所を巡ったせいだろうか？

それとも、居心地のいい食堂にやって来て気が緩《ゆる》んだのだろうか？

耀がキッチンに行った後、時間が逆戻りしたような錯覚に襲われていた。現実にはなかった過去の時間が、恵の頭の中で展開された。

○

花は小学六年生で病気一つせず、冬休みを利用して家族三人で房総に遊びに来ている。

耀を見て、格好いいと驚く娘の姿が思い浮かんだ。

〝パパ、ちょっとだけ負けちゃったね〟

父親をからかう花の声が、遠くから聞こえてくるようだった。比べるなよ、と亮は苦笑するだろう。

実際にあったことのように、その情景が見えた。家族三人で白い貝殻の小道を歩く姿さえ浮かんだ。

気づいたら、泣いていた。

また、泣いている。

恵は涙をこぼしていた。

もう戻れない。どんなに泣いても、家族三人の日々は戻って来ない。そんな当たり前のことが辛かった。悲しかった。

ぽたぽた、ぽたぽたと涙が床に落ちた。そのときのことだ。抗議するみたいに猫が鳴いた。

「みゃん」

足もとから聞こえた。視線を落とすと、いつやって来たのか、ちびがいた。安楽椅子で丸くなっていたはずの子猫が、テーブルの下の床にいた。

子猫は、恵を見上げている。ちびの鼻のあたりに水滴があった。恵の涙がかかったようだ。

「ごめん」

「みゃ」

ちびが頷くように鳴いた。許してやると言っているように聞こえて、恵は笑ってしまった。こんなふうに笑ったのは、久しぶりのことだ。

涙が止まった。子猫のおかげで泣き止むことができた。

「ありがとう」

礼を言うと、ふたたび、ちびが鳴いた。

「みゃん」

うるさがっているようにも見えた。人間の相手をするのが面倒くさいのかもしれない。

だから、猫は人間の言葉が分からないふりをしている。

そんな想像をしながら茶ぶち柄の子猫を見ていると、櫂がキッチンから戻ってきた。

「お待たせいたしました」

思い出ごはんができたのだ。二つの丼を載せたお盆を持っている。チャーシューと醤油のにおいがした。花の大好物だったラーメンのにおいだ。

櫂は、それを用意してくれた。でも、きっと、ただのラーメンではない。東京ではあまり見かけないものだ。

湯気の立っている丼をテーブルに置き、その料理を紹介した。

「ちびねこ亭特製の竹岡《たけおか》式ラーメンです」

○

ラーメンは、老若男女を問わず人気がある。外来料理でありながら、国民食として挙げられるほどだ。テレビや雑誌でも、毎日のように特集されている。アレルギーでもないかぎり、誰もが一度は食べたことがあるだろう。

もともとは中国のものだと言われているが、日本独自に発達しており、さまざまにアレンジされたラーメンが存在する。また、各地にご当地ラーメンがあり、それぞれ人気を博していた。

竹岡式ラーメンとは、千葉県富津市竹岡周辺発祥のご当地ラーメンである。醬油ダレに麺を茹でた湯を入れて作る。生麺ではなく乾麺を使用し、大ぶりのチャーシューと刻み玉ねぎが載っているのが特徴だ。

チャーシューの風味が濃厚なせいか、好き嫌いが分かれるようだが、花は竹岡式ラーメンを気に入っていた。自宅でも食べたいと主張し、お土産用の冷凍ラーメンを買わされた。押し切られるように宅配便で送ってもらい、亮を家に招いて三人で食べた。このときは、亮が作った。

〝すごく美味しかったよ。パパのくせに料理が上手だよね〟

花の声が、また聞こえた。恵に話しかけてくるようなしゃべり方だった。親しい人間を亡くすと声が聞こえる錯覚に襲われることがあるというが、この海の町に来てから、ずっと聞こえている。しかも幻聴とは思えない口調で、返事をしそうになってしまう。

いや、もしかすると錯覚ではないのかもしれない。ここは、ちびねこ亭。大切な人と会える店——。

恵は目を閉じ、声に出さずに十まで数えた。娘の顔を思い描きながら数えた。きっと会える。そう信じた。娘が現れると信じた。

でも、花は現れていない。目を開けても世界は変わっていなかった。

「ごゆっくり、お召し上がりください」

櫂が、キッチンに下がっていった。特別な説明は、何もなかった。どこまでも静かで控え目だった。二枚目なのに目立たない。まるで黒子《くろこ》のようだ。

四人がけのテーブルには、二つの竹岡式ラーメンが置かれている。一つは、花の分だろう。

運ばれてきたばかりのラーメンからは湯気が立っている。そのせいか、暖房が入っているからか、窓ガラスが曇った。外の景色が見えなくなったが、恵は気にしなかった。そんな余裕はない。

「いただきます」

いつもより丁寧に手を合わせながら、眼鏡屋の老店主の言葉を思い出した。

ちびねこ亭に行くといい。

大切な人と会える。

その言葉を信じて、海辺の食堂にやって来た。その言葉にすがるように、恵は竹岡式ラーメンを口に運んだ。レンゲで熱々のスープを啜《すす》り、箸で麺とチャーシューを食べた。

醤油とチャーシューの旨味の染み出たスープに、素朴な味わいの乾麺はよく合う。薬味の玉ねぎは甘味があり、豚肉の脂身と溶け合うようだった。

美味しかった。店で食べたものより、家に帰ってから作ったラーメンに近い気もする。家族三人で食べたお土産のラーメンの味だ。

〝美味しそう〟

また、花の声だ。その声が聞こえたとき、ふいに目の前が揺れた。地震とは違う揺れ方だ。

娘が現れる前触れかと思ったが、ただの目眩だったようだ。娘が死んでから、ずっと目眩を感じていた。

これを食べるまで、まともに食事をした記憶がなかった。そのせいもあるのだろう。また、チャーシューたっぷりのラーメンは、弱った恵の身体には重かったのかもしれない。

恵は箸を置き、改めて店内を眺めた。安楽椅子の上では、茶ぶち柄の子猫が丸くなっている。さっきまで足もとにいたはずなのに、お気に入りの場所に移動して眠ってしまったようだ。

テーブルの上では、竹岡式ラーメンの湯気が消えかかっている。大切な人と会えるのは、思い出ごはんが冷めるまで。これも老店主から聞いていた。

時間の流れは早い。すべての出来事は、一秒ごとに過去になっていく。花と会えるかもしれない時間も過去になってしまった。

湯気が完全に消えるまで待ってみたが、結局、花には会えなかった。娘は、恵の前に現れなかった。

「……当たり前か」

呟いた声には、ため息が混じっていた。急に正気に戻ったような気がする。死んだ人間と会おうと思ったことが間違っていた。最初から、あり得ないことだった。

けれど、眼鏡屋の老店主に騙《だま》されたとは思わない。会えることもあれば、会えないこともあると釘を刺されていたのだ。

ちびねこ亭の主に文句を言うつもりもない。注文通りの料理を作ってくれたし、この年末の忙しい時期に自分の相手をしてくれた。

でも、もう、この場所にはいたくなかった。

ごちそうさまでした。

口の中で言って、代金を払おうと財布に手を伸ばした。ちびねこ亭から出ていくつもりだった。

帰ろうとする恵の気配が伝わったかのように、櫂がキッチンから戻ってきた。小さなホーロー鍋を持っていた。恵が自宅で使っているのと、同じものだ。

ふいに分かった。

それを見たとたん、花が現れなかった理由が分かった。

竹岡式ラーメンは、思い出ごはんではなかったのだ。電話でも話したのに忘れていた。記憶から抜け落ちていた。ラーメンよりも、花が気に入っていた食事があったことを忘れていた。

「失礼いたします」

櫂は断り、ホーロー鍋をテーブルに置いた。コンロも一緒に持って来ていた。それから、恵の顔を見て言った。

「雑炊《ぞうすい》をお作りします」

それが、本当の思い出ごはんだった。

○

ラーメン屋のまかない雑炊。

亮は、そう呼んでいた。ラーメンのスープで作る雑炊のことだ。竹岡式ラーメンを自宅で食べたときに、亮が作ってくれた。

「よく行くラーメン屋の主人から教わったんだ」

威張《いば》っていたが、作り方は寄せ鍋の締めの雑炊と同じだった。麺と具材をあらかた食べ終えた後、ご飯を入れて火にかける。ぐつぐつと煮立ったところで、溶き卵を回しがけして火を止める。花はそこにシュレッドチーズを加えて、粗挽《あらび》きの黒胡椒《くろこしよう》をかけて食べていた。

目の前では、櫂が雑炊の準備を進めている。最初は黙って見ていたが、ラーメンのスープをホーロー鍋に移したところで声をかけた。

「自分で作ってもいいですか？」

娘のための料理なのだから、親である自分が作るべきだと思ったのだ。

「もちろん、大丈夫です」

快く許してくれた。恵が言い出すのを予想していたのかもしれない。そばで見ているつもりはないらしく、鍋と材料を置いてキッチンに下がっていった。相変わらず控え目で穏やかで、空気のような人だ。

ふたたび、恵とちびだけになった。誰もいない食堂の窓際の席で、恵は死んでしまった花に話しかけた。

「今日は、ママが作るわね」

料理をするのは久しぶりだった。花が入院してからコンロの火を点けた記憶がなかった。包丁も、たぶん握っていない。

まあ、これから作る雑炊だって、料理とまでは言えないものだ。ラーメンのスープを使うので、味付けの必要さえなかった。

スープを沸騰させ、ごはんを入れて軽くかき混ぜて、三分くらいグツグツさせた後に溶き卵を回しがけた。亮が作ってくれた通りに作った。

そうして、できあがった雑炊にシュレッドチーズと黒胡椒をかけてから茶碗によそった。チーズが溶けて、半生の溶き卵と一緒に米に絡んでいる。

「ちゃんとできたわよ」

わざと威張った口調で言ってみた。花の口が達者なのは、自分に似たためだ。

「早く出て来ないと、ママが全部食べちゃうから」

そんなふうに宣言してから、改めて箸を取った。

「いただきます」

死者を偲ぶ思い出ごはん。花が現れなくても食べるつもりだった。

○

ラーメン屋のまかない雑炊は、花の大好物だった。亮がこの料理を作ってから、すっかり虜《とりこ》になっていた。

パパのせいで太っちゃうよ。

文句を言いながら、家でラーメンを作るたびに雑炊を食べたがった。恵に作ってくれとねだった。

最近のラーメンは、インスタントだろうと美味しいものがたくさんある。冷凍食品をネットで注文すれば、各地のこだわり系のラーメンを自宅で食べることができる。それらはスープに工夫をこらしたものが多く、旨味がぎゅっと詰まっている。雑炊にするのは名案だ。

特に、竹岡式ラーメンは醬油とチャーシューの味が濃いためか、ごはんともよく合った。溶き卵に加えてシュレッドチーズまで入れるのはやりすぎにも思えるが、食べてみると、やっぱり美味しい。子どもの好きそうな味だ。

ぴりりと辛い黒胡椒が胃袋を刺激し、食欲をそそった。恵は、熱い雑炊を味わいながら食べた。一膳分のごはんを食べてしまった。

少し食べすぎたのかもしれない。暖房が効いていることもあって、汗が吹き出してきた。ハンカチで額の汗を拭こうとしたとき、ふと、それに気づいた。

黒猫のぬいぐるみがあった。さっきまでなかったはずのぬいぐるみが、窓辺に置いてあったのだ。

まさかと思いながら目を凝らした。見おぼえがあった。娘の部屋に置いてある物とそっくりだった。いや、そっくりではない。その物だ。同じ物だ。

自分で作ったのだから見間違えるはずがない。恵が、花のために作った黒猫のぬいぐるみだ。

入院したときも、娘が死んだ後も、あの部屋から動かしたことはない。それが、ちびねこ亭にあるのだ。

気づかないうちに、自分で持って来たのだろうか？　いくら最近、記憶があやふやでも、ありえない。

だけど、ここにあることだって、ありえない。自分がおかしいのか、この世界がおかしいのか――。

頭が混乱する。

わけが分からなかった。

黒猫のぬいぐるみをもっとよく見ようと、立ち上がりかけたときだ。曇っていたはずの窓から外が見えた。

〝……何なの？〟

思わず呟いた。息を呑みながら呟いた声は、遠い場所から聞こえたみたいにくぐもっていた。おかしいと思ったが、構っている余裕はなかった。景色が一変している。季節までが変わってしまったように見えた。

春があった。

ちびねこ亭の窓の外で、桜の花びらが舞っていた。地面を埋め尽くしそうなほどの量の薄紅色《うすべにいろ》の花びらがひらひら、ひらひらと振っていた。

十二月に桜が咲くはずがない。暖かい海の町だけに、季節外れの桜があるかもしれないが、こんなに大量の花びらが舞うわけがない。来る途中に桜が咲いていた記憶もなかった。

〝夢を見ているの？〟

誰に聞くともなく呟き、目をこすって、さらに窓の外を見た。内房の海と空と砂浜をさがしたのだ。

だけど、何も見えなかった。桜の花びらの他は、何も見えない。いつの間にか、濃い霧が立ちこめていた。

海霧だろうか。見渡すかぎり真っ白だ。薄紅色の花びらが、それを縫うように降っている。

美しい景色だが、まともではない。世界がおかしくなってしまった。もしくは、自分がおかしくなってしまったのか。

いずれにせよ、このまま一人ではいられない。

恵は、声を上げて櫂を呼ぼうとした。すると、それを遮るように、カランコロンとドアベルが鳴った。ちびねこ亭の扉が開いた音だ。

入り口を見た。すでに扉が開いていて、髪を乱すほどの風が吹き込んできた。春を思わせる暖かい風だった。桜の花びらが、その風に運ばれてテーブルの上に落ちた。小さな箸置きみたいに、食器のそばに留まっている。

扉の向こう側は、真っ白な光に満ちていた。何も見えないくらい眩《まぶ》しい世界が広がっている。

その光の中から、小柄な少女の影が現れた。少女だと分かったのは、髪を三つ編みにしてセーラー服を着ていたからだ。

眩しすぎるせいで、ちゃんとは見えなかった。それでも、何かを思うより先に言葉が口をついて出た。

〝花？　花なの？〟

少女の影に向かって問いかけた。自分の生んだ娘を分からないはずがない。見えなくても分かる。

〝うん〟

少女の影は頷き、ちびねこ亭の扉が閉まった。眩しい光が遮られて、少女の顔がはっきりと見えた。

〝ママ、来てくれてありがとう〟

やっぱり、花だった。娘が現れた。眼鏡屋の老店主の言ったことは、嘘ではなかった。

ちびねこ亭の思い出ごはんは、本物だった。恵は、死んでしまった娘に会うことができた。

○

花が、正面の席に座った。恵はその姿を見つめる。

セーラー服を着ているためだろうか。最後に見たときよりも大人びていて、本当の中学生みたいだ。

髪は艶やかで、頬はふっくらしている。病気の痕はどこにもなかった。元気なまま成長した娘が現れたように思える。

胸がいっぱいになった。言葉が出ない。手を伸ばせば届くところに娘がいるのだ。信じられないくらい幸せだった。

〝ずっと着たかったの〟

呟くように、花が言った。セーラー服を着ていることを説明しているようだ。

〝これ、ママが買ってきてくれたやつだよ〟

病院の壁にかけたセーラー服のことだ。恵は、それを棺《ひつぎ》に入れた。泣きながら、死んでしまった娘の身体に添えるように置いた。

〝私ね、この制服を着て、みんなと中学校に行きたかったの〟

恵や亮に気を使って、生きていたころには言えなかった台詞なのだろう。花は、悲しい言葉を続けた。

〝それに、親孝行もできないうちに死んじゃったから、せめて中学生になったところを見せたかったんだ〟

子どもの前では泣かないと決めていたのに、嗚咽が込み上げてきた。恵は、歯を食いしばって我慢した。泣かないように頑張《がんば》った。涙があふれてきそうになったが、必死に呑み込んだ。

だけど、花がその我慢を台なしにした。

〝私ね、この制服を着てパパとママの結婚式に出るつもりだったの。それなのに、死んじゃったの。生きていられなかったの。ママ、ごめんね〟

返事ができなかった。花だって死にたくて死んだわけじゃない。それなのに謝っている。死んでまで謝っている。

恵は、泣き崩れた。駄目な親だ。子どもの前で泣いてしまった。

○

一分か二分か、そうして泣いていた。涙は止まりそうになかったけど、時間がないことを知っていた。死者は、思い出ごはんの湯気が消えるまでしか現世にいられない。

その時間を長いと感じるか、短いと感じるかは人による、とも眼鏡屋の老店主は言っていた。また、永遠とも思える一瞬がある。そんな話もしていたが、恵には理解できなかった。

テーブルの上を見ると、早くも雑炊の湯気が消えかかっていた。コンロのスイッチを押してみたが、火は点かない。思い出ごはんを温め直すことはできないみたいだ。

花と一緒にいられる時間が終わろうとしている。

何も話していないのに、終わってしまう。

でも、何を話せばいいのか分からない。

死んでしまった娘にしてやれることが思い浮かばない。

せっかく会えたのに、自分は時間を無駄にしている。焦っていると、ふたたび花が口を開いた。

〝ママに一つだけ、お願いがあるんだけど言ってもいい？〟

真面目な顔で言ってきた。恵は、セーラー服が欲しいと言われたときのことを思い出した。

〝なあに？〟

どんな願いでも聞くつもりだった。あの世に来て欲しいと言われても、拒《こば》むつもりはない。

むしろ、花のいる世界に行くことを望んでいた。独りぼっちで生きていくよりも、娘と一緒に暮らしたかった。死んでしまいたかった。このまま、あの世に行きたかった。

だが、娘の願いはそんなことではなかった。恵は、花の気持ちを分かっていなかった。何も分かっていなかった。

〝パパに会いたい……〟

そう呟いた花の目から、涙がこぼれた。病気の苦しみすら我慢した娘が泣いていた。悲しそうに涙を流している。

頬を打たれた気がした。

当たり前だ。

娘が父親に会いたがるのは、当たり前だ。

恵は、自分のことしか考えていなかった。ちびねこ亭の話を聞いたときに、亮を呼ぶべきだった。信じてもらえなくてもいいから連絡をすべきだった。亮だって娘に会いたいに決まっている。花の顔を見たいに決まっている。

娘がいなくなって悲しいのは、恵だけじゃない。花の親は自分だけじゃない。そんな当たり前のことにさえ気づかなかった。

改めてテーブルの上を見た。雑炊の湯気は消えてしまったが、器に触れてみると温もりが残っていた。

スマホを取り出して、亮に電話をかけた。今から呼んでも間に合わないだろうが、せめて花の声を聞かせたかった。死んでしまった娘と話をさせてやりたかった。

呼び出し音が鳴る。

遠く離れた場所にいる娘の父親を呼び出している。

しばらく待ったが、亮は電話に出なかった。仕事中なのかもしれない。例えばトラックの運転中だったら、すぐには出られないだろう。

いや、違う。

きっと、違う。

ふいに、そのことが分かった。仕事中だから電話に出られないのではない。ここは、特別な世界だった。この世の誰かに電話をかけてもつながるわけがなかった。思い出ごはんを食べていない亮は、花と話すことはできないのだ。

それでも電話を切らずにいた。奇跡が起こることを信じて、亮の声が聞こえてくるのを待っていた。

しかし、奇跡は起こらなかった。スマホからは呼び出し音しか聞こえない。そして、花が呟いた。

〝ママ、ありがとう。でも、もう行かなきゃ〟

席を立つ気配があった。椅子を引く音も聞こえた。

でも、見えない。花の姿が見えなかった。雑炊の食器に手を触れても、温もりを感じることはできなかった。思い出ごはんは、完全に冷めてしまった。

〝ずっとママとパパのことを見てるから。ずっとずっと見てるから。私の分まで長生きしてね〟

その言葉はやさしくて、だけど悲しかった。

娘が、あの世に帰っていく。テーブルから――恵のそばから遠ざかっていく足音が聞こえる。

行かないで！

そう叫びたかったが、声が出ない。花を追いかけたいのに、金縛りにあったみたいに身体も動かなくなっていた。

ちびねこ亭は静かで、相変わらず波の音もウミネコの鳴き声も聞こえない。何も聞こえない。

桜の花びらが落ちる音が聞こえてきそうな寂寞《じゃくまく》とした時間の後、花の声が耳に届いた。

パパ、ママ、ありがとう。

花、幸せだったよ。

パパとママの子どもで幸せだった。

病気になっちゃって、ごめんなさい。

先に死んじゃって、ごめんなさい。

パパとママの結婚式に出られなくて、ごめんなさい。

セーラー服を着られなくて、ごめんなさい。

らくがき帳に書いてあった言葉だ。何度も何度も読み返しているので、頭に刻み込まれている。

恵は、その返事を口にした。

あなたのママになれて幸せだった。

生まれてきてくれて、ありがとう。

それだけで、親孝行だから。

生まれてきてくれただけで親孝行だから。

世界で一番親孝行だから。


ずっと、この言葉を言いたかった。娘に伝えたかった。

人は、ありがとうを言うために生きている。そして、きっと、ありがとうと言われるために生まれてくる。花に教えてもらったことだ。生きる意味を娘に教えてもらった。

〝そっか。私、親孝行だったんだ……〟

花の声が聞こえた。

でも、その言葉は儚《はかな》くて、娘の気配と一緒に消えてしまった。テーブルの上に落ちていた花びらも、どこかに行ってしまった。

カランコロンとドアベルの音が鳴った。ふたたび春の風が吹き込んで恵の髪を乱したけれど、扉は開いていなかった。

窓辺を見ると、黒猫のぬいぐるみが姿を消していた。まるで夢を見ていたみたいに消えていた。

　恵は目を閉じ、また泣いた。

　世界は暗かった。とてつもなく暗かった。

○

　爽やかな緑茶の香りがした。

　瞼《まぶた》を開くと、世界がもとに戻っていた。窓の外には、海と空とウミネコが戻ってきている。霧も桜の花びらもなかった。

　目の前には、櫂が立っていた。

「お茶をお持ちしました」

　そう言われた瞬間、魔法が解けたように恵の身体が動いた。立ち上がり娘の姿をさがしていると、持ったままになっていたスマホから亮の声が聞こえてきた。

「どうかしたのか？」

　電話がつながった。

　だけど、声はくぐもっていなかった。そのことが悲しくて、恵は声を上げて泣いた。スマホを持ったまま泣いてしまった。

「おい、恵っ！」

亮が心配してくれた。いつだって彼は恵を心配してくれる。

「あのね」

泣きながら花と会ったことを話した。ちびねこ亭のことも、花に言われたことも全部しゃべった。

信じられる話ではなかろうに、亮は黙って聞いてくれた。そして、恵が話し終えると言った。

「おれも、そっちに行く」

恵の話を信じてくれたのだ。

意外だった。頭がおかしくなったと思われても不思議はないのに、亮は疑いもしなかった。

〝当たり前だよ〟

花の声が聞こえた。気のせいじゃない。確かに、聞こえた。慌てて周囲を見たが、誰もいない。

娘の声は耳に届き続けた。

〝パパは、ママのことを信じてるから〟

恵の目から、また涙が流れた。電話の向こう側で、亮も泣いていた。花の声が聞こえたのかは分からない。

○

思い出ごはんの代金を払って、ちびねこ亭を後にした。花が現れたことは話さなかったし、櫂も聞いてこなかった。

この店では、死者が現れるのは珍しいことではないのかもしれない。もしくは、客の事情に立ち入らないことにしているのか。

「ありがとうございました」

「みゃあ」

二枚目の店主と茶ぶち柄の子猫が、店の外まで見送ってくれた。ちびねこ亭は午前中しか営業していないので、これから店を閉めて、後片付けをするのだろう。年内の営業は、今日で終わりだとも言っていた。ここに亮を連れてくるのは、来年になりそうだ。

恵は、店の外の景色を見た。予想していたように、桜の木はどこにもない。花びらも舞っていなかった。

あの世の桜だったのかもしれない。意地悪な神さまが少しだけ気を利かせて、こっちの世界に送ってくれたように思えた。それでも、やっぱり、神さまにお礼を言う気にはなれなかった。

その代わり花に言った。

「セーラー服、可愛かったよ」

返事はなかった。それでいい。痛みも苦しみもない世界で、病気のない世界で、ゆっくりして欲しかった。

いずれ自分と亮も、あの世に行く日が訪れる。そうしたら、また家族三人で暮らしたい。東京に帰ったらプロポーズしよう。亮が受けてくれたら、花の写真を持って結婚式を挙げよう。自分も亮も泣いてしまうだろう。

「今度は、離婚しないようにするから」

恵は、この世のどこにもいない娘と約束した。いつの間にか、頭痛も目眩も感じなくなっていた。

東京に帰ることにしたが、その前に旅館に戻らなければならない。恵は、やって来た道を遡るように歩いた。

○

白い貝殻の小道を進み、砂浜を通りすぎた。ちびねこ亭が見えなくなった。相変わらず、ひとけがない。人の住む町の海とは思えないくらい静かだ。海砂《うみずな》を踏む自分の足音が大きく聞こえる。

しばらく誰にも会わなかったけれど、小糸川沿いの道に出たところで、花と同い年くらいの男の子とすれ違った。

少年は、恵に気づかなかったようだ。思い詰めた顔で東京湾に向かっていく。どこに行こうとしているのかを想像するのは難しくなかった。たぶん、ちびねこ亭に行くのだろう。辛そうな顔で歩いている。

ちびねこ亭は、〝昨日〟に帰る食堂だ。〝今日〟と〝明日〟しかないような子どもにも、帰りたい〝昨日〟はあるのだろう。きっと、記憶の中でしか会えない大切な人がいる。誰にでも、会いたい人がいる。

恵は、腕時計を見た。そろそろ午後になる。ちびねこ亭は、朝ごはんの店だ。もう閉店している時間だが、櫂なら小学生を追い返しはしない気がする。ちびと一緒に迎え入れるはずだ。

「がんばって」

少年に聞こえない声で言った。

人生は辛いことが多いが、少しはいいことがあるものだ。恵は立ち止まって、男の子の背中を見送った。

ちびねこ亭特製レシピ

ラーメン屋のまかない雑炊

材料（1人前）

・ラーメンのスープ　丼1/2杯程度
・ごはん　1膳程度
・卵　1個
・シュレッドチーズ　適量
・粗挽きの黒胡椒　適量

作り方

1　麺と具を食べ終えたラーメンのスープを沸騰させ、ごはんを入れてかき混ぜる。
2　弱火にして、3分間を目安に煮込む。
3　溶き卵を入れて、火を止める。
4　好みでシュレッドチーズと黒胡椒を加えて完成。

ポイント

トッピングに刻みねぎや海苔を加えても美味しく食べることができます。

サバトラ猫とみそ汁

台風

令和元年房総半島台風（台風第15号）は、令和元年9月7日から8日にかけて小笠原《おがさわら》近海から伊豆諸島付近を北上し、同月9日3時前に三浦半島付近を通過して東京湾を進み、同日5時前に強い勢力で千葉市付近に上陸した。その後、同日朝には茨城県沖に抜け、日本の東海上を北東に進んだ。台風の接近・通過に伴い、伊豆諸島や関東地方南部を中心に猛烈な風、猛烈な雨となった。

令和2年版　防災白書

いいことなんか、一つもなかった。あったかもしれないが、生きているうちに全部忘れた。何もおぼえていない。

尾藤絵美《びとうえみ》は、四十五歳になった。いつの間に、こんな年齢になったのか分からない。いつの間に、こんなことになったのか分からない。悪い夢を見ている気分だ。

でも、これは現実だ。目が覚めても若くはなれない。自分は四十五歳で、人生をやり直すことはできない。もう、手遅れだ。

それなりに偏差値の高い四年制大学を卒業したのに、就職できないまま歳をとった自分と向き合わなければならない。何者でもない自分で生きていかなければならない。もっとましな人生を送れると思っていたことも忘れなければならない。いろいろなことを諦めて生きていかなければならない。

バブル崩壊後の就職が困難であった時期を「就職氷河期」と呼ぶ。一九九三年から二〇〇五年卒が該当するらしい。そのころに就職活動を行なった世代は、いろいろな呼び方をされている。

氷河期世代。

貧乏くじ世代。

棄民《きみん》世代。

どれも、ひどいものだ。でも、本当にひどいのは呼び方じゃない。ただ、その時代に生まれただけで正社員にすらなれないことだ。安定した職に就けず、非正規労働者として生きていかなければならないケースが多い。

絵美も、派遣の仕事とアルバイトで食いつないできた。最近は、介護の仕事をしている。正社員にはなれていない。

氷河期世代だからと言って、全員が正社員になれないわけではない。大企業に入って成功した者もいるし、自分で会社を興した者だっているだろう。

正社員になれないのは努力不足だ。甘えるなと言われるかもしれない。以前、アルバイトしたときに、年配《ねんぱい》の男性社員にビジネス書を押し付けられたことがあった。時代や他人のせいにせず前向きに生きろ、と書いてあった。ピンチはチャンスであるらしい。それが本当なら、氷河期世代はチャンスをたくさんもらっていることになる。

努力が足りていないのは事実だろうが、自分以外の人間――例えば、上の世代の連中がそこまで努力をしたとは思えない。ただ生まれた時代がよかっただけだ。いい時代に生まれただけで、年金だって今の若者よりたくさんもらえる。運のよさを自分の実力と勘違いしている。

でも、そう反論したところで何かが変わるわけでもない。誰かを言い負かしたとしても、SNSで「いいね」をたくさんもらったとしても、正社員になれない人生は変わらない。収入も増えないし、年金がもらえるかどうかも怪しいままだろう。

僻《ひが》んでいることは分かっている。だけど僻みでもしなければ、やってられない。損する時代に生まれたのだから、愚痴くらい言わせて欲しい。だが、今の自分にはその愚痴を言う相手さえいない。

絵美が四十歳のときに、両親が立て続けに他界した。きょうだいはなく、学生時代の友人たちとはとっくに疎遠になっている。また、結婚をしたことはなく、その予定もなかった。恋人どころか友達もいない。

断っておくと、非婚——結婚しない主義ではない。主義なんて立派なものは持ち合わせていない。

もちろん結婚しない人生を批判するつもりはない。ただ、自分はそうでないというだけだ。気がついたら、独りぼっちになっていた。結婚適齢期をとっくに通りすぎていた。

結婚すれば幸せになれるとは思っていないけれど、一人で生きている今だって幸せではない。四十五年の時間の重みに耐えきれないときがあった。平気な人もいるかもしれないが、絵美は平気ではなかった。声を出しても誰にも届かない人生は、寂しかった。ときどき泣いてしまいそうになる。

ないものばかりを挙げてきたが、持っているものもあった。安定した仕事に就いていないのに生きていくことができるのは、親が家を残してくれたからだ。

築三十五年の二階建ての木造家屋。すっかり古びているのに、ろくに手を入れていないいろいろなところにガタが来ていて、地震や台風が来るたびに崩れるのではないかと不安になる。でも、この家があるおかげでアパートを借りずに済んでいる。家賃を払わずに済むのは大きい。

その家は、千葉県君津市の小糸川沿いにある。絵美がまだ小学生――十歳だったころに、父が建てた。昔の家らしく造りは大きく、庭もたっぷりとした広さがある。軽自動車を六台くらい並べられそうだった。だけど絵美は運転をしないので、自動車はない。父の乗っていたセダン車は処分してしまった。

また、庭仕事をしたこともなかった。他界した母は草花が好きで育てていたが、絵美にはそんな心の余裕も時間もなかった。美しい花が咲いていた庭は、今では雑草が生え放題になっている。

母が乗っていた古い自転車を庭先に放置していることもあって、傍から見ると廃屋だった。錆びた自転車に枯れた蔦《つた》のような植物が絡みついている。誰も住んでいないと思われても仕方がない有り様だ。

この家が建ったとき、祖父母が健在だった。そこに両親と絵美を加えた家族五人で暮らしていた。賑やかな時間があった。医者になりたい、弁護士になりたいという子どもらしい夢もあった。

しかし、その時間は長く続かなかった。祖父が死に、祖母が死に、その二十年後に、父が死んで母が死んだ。気づいたときには、絵美の夢も消えていた。医者にも弁護士にもならなかった。

氷河期世代だったことに加えて、立て続けに両親が倒れて介護に時間を取られていたという事情があっても、世間はそれを斟酌《しんしゃく》してくれない。口先では同情してくれるけれど、本当にそれは口先だけだ。

平成のころに流行《はや》った言葉で言うなら、自分は「負け犬」なのだろう。いや、四十五歳の自分は、すでに負け犬でさえないのかもしれない。

この四十五年間で、新しく加わった家族は誰もいない。自分以外の人間がいなくなった家で暮らしている。尾藤家の最後の一人だ。

自分が死んだ後、この家がどうなるのかは分からない。自分の将来と一緒だ。考えないことにしている。

ただ、父や母が走って来た線路は、この先、どこにもつながっていないことだけは分かる。行き止まりで、もう先がない。

○

夏の終わりのことだった。

猛烈な雨を降らせる台風が、君津市を直撃した。千葉県に台風が来るのは珍しいことではないけれど、このときは怖かった。小糸川が氾濫《はんらん》する寸前まで雨が降り、深夜一時すぎに停電してしまった。

明かりが消えると心細くなる。エアコンをつけることもできず、暑さで息苦しい。雨音が大きく聞こえる。避難所へ行ったほうがいいだろうかと思い、懐中電灯を掲げて玄関まで歩いた。

台風にしては、風が弱かったせいかもしれない。雨音に紛れるようにして、妙な音が聞こえた。

「なー、なー……」

空耳と片づけるには、その声ははっきりしていた。誰が聞いたって、何の声なのか分かるだろう。

「猫？」

問うように呟いた。すると、玄関の外にまで聞こえたらしく、返事をするようにまた鳴いた。

「なー」

気になって玄関を明けると、大粒の雨が降り込んできた。痛いほどの雨が、空から落ち続けている。この世の終わりみたいな大雨だった。地球温暖化現象のせいで、気候が変わってしまったせいだろうか。今までに経験したことがないような規模の台風が、毎年のようにやって来る。

激しい雨に戦《おのの》きながら懐中電灯の光を向けた。雑草だらけの庭が冠水して沼みたいになっていた。

そして、猫がいた。やっぱり猫だった。サバトラ柄の猫が、雨から逃れようと玄関の外壁にくっついている。

どこから来たのだろうか？

見たことのない猫だった。壁に身体を寄せてはいるが、雨を防げていない。びしょ濡れで、首をすぼめるようにして震えている。

何だか放っておけない気持ちになった。少し考えてから猫に問いかけた。

「家に入る？」

「なー」

絵美の声に反応して鳴いただけだろうが、猫が返事をしたように聞こえた。頷いたようにも見えた。

「そっか。よし、分かった」

びしょ濡れの猫を抱き上げ、自分の家に入れた。

この日の雨はいっこうに弱くならず、翌朝まで降り続いた。

○

台風が去った後は、青空が広がることが多い。台風一過というやつだ。サバトラ柄の猫を拾った翌日もそうだった。空は晴れ渡り、熱中症警戒アラートがスマホに届くほど暑くなった。

仕事に行く前に、サバトラ柄の猫を近所の動物病院に連れていった。絵美より十歳は年下に見える獣医が丁寧に診《み》てくれた。

幸いなことに病気もなく、怪我もしていなかった。さらに、いくつかのことが分かった。

「おじさんですね」

獣医の言葉だ。一瞬、何を言われたのか分からなかったが、すぐに猫のことを言っているのだと察することができた。サバトラ柄の猫はオスで、人間の年齢に直すと五十歳くらいだという。また、こうも言った。

「去勢手術もしてありますね」

その言葉の意味は分かった。誰かに飼われていたということだ。野良猫に不妊治療を施《ほどこ》す運動があることは知っているが、その場合は、手術を終えた目印に耳先をＶ字――桜の花びらの形にカットされることが多い。サバトラ柄の猫の耳は、そんなふうにはなっていなかった。

「迷子でしょうか？」

「どうでしょうかねえ」

獣医は断言せず、曖昧な言い方をした。ただ、保健所や警察署に届け出がされていないか確認する方法を教えてくれた。

面倒くさい気もしたけれど、乗りかかった船だ。教えられた通りに確認し、近所の交番にも足を運んだが、それらしき届け出はなかった。すると、思いつく結論は一つだ。

「捨てられちゃったの？」

「なー」

サバトラ柄の猫が頷いたように見えたのは、きっと絵美の気のせいだろう。人間の言葉が分かるとしたら、この返事は悲しすぎる。

「おまえも独りぼっちなのね」

思わず言った言葉に、今度は自分が傷ついた。独りぼっちという言葉に負けそうになった。

うずくまるように落ち込んでいると、サバトラ柄の猫が近づいてきて絵美の膝に額を押し付けた。それから、小さな声で鳴いた。

「なー」

○

さがしてみたが、結局、飼い主は見つからなかった。サバトラ柄の猫は、我が家の一員になった。

最初にやったのは、名前を付けることだった。

「サバ吉《きち》」

ショコラとかルビーとかココとか、その手の洒落た名前を付けようかと一瞬だけ思ったが、猫も自分もそんな柄ではなかった。誰がどう見たって、サバ吉だ。サバトラ柄のサバ吉。いい名前だ。

「そう思わない？」

「なー」

どうでもよさそうに、サバ吉は鳴いた。好きにしろと言わんばかりだが、嫌がってはいないように見えた。

「じゃあ、決まり」

「なー」

絵美の声に反応しているだけだろうが、とりあえず返事らしきものはする。でも、それだけだった。おっさんの年齢だから仕方がないのかもしれないけれど、可愛げのない猫だった。ぐうたらで寝てばかりいた。

遊んでやろうと猫じゃらしを買ってきても、見向きもしない。高いキャットフードを買ってもよろこばず、ぼそぼそと面倒くさそうに食べる。

「張り合いがないわね」

文句を言いながら、絵美は笑っていた。サバ吉が家に来てから、愚痴をあまり言わなくなった。ＳＮＳも見なくなり、他人を羨《うらや》むことも減った。

「前向きになりたければ、猫を飼うことね」

絵美の読んだビジネス書には書いていなかったことだが、あながち間違っていない気がする。

おっさんくさい猫だろうと、家にいると張り合いが出るもので、仕事が終わる時間が近づくと気持ちが浮き立った。早く帰ってサバ吉に会いたいと思うのだ。そのせいか、仕事にも前向きになることができた。

絵美は、介護老人保健施設（老健施設）で働いている。介護を必要とする高齢者の自立を支援し、家庭・社会への復帰を目指す場所だ。盆休みのころに採用されたから、まだ勤め始めたばかりだ。

介護職は人手が足りず、また人の出入りも激しい。入ってくる者も多いが、辞めていく者も多いようだ。何となくだけど、正社員になりやすい職場のような気がする。実際、そのつもりで職場を選んだ。安定した生活を送りたかった。

絵美の働くことになった施設は清潔で、同僚も親切だった。正社員になりたいと正直に言うと、ちゃんとアドバイスをくれた。

「介護職員初任者研修を取ったら、正社員に推薦しますね」

絵美の指導をしてくれた宮田《みやた》という男性社員の言葉だ。応募する前に調べたので、ある程度の知識はあった。

介護職のスタートは、『介護職員初任者研修』を取得することだと言われているようだ。二〇一三年まで存在した通称『ホームヘルパー2級』に代わる資格で、取得するためには、四十時間の学科学習、九十時間の実技研修を経た後、筆記試験に合格しなければならない。手間はかかるし勉強をする必要もあるけれど、とてつもなく難しい資格という印象はなかった。

「ぼくでも取れたんだから、尾藤さんなら余裕ですよ」

これも、宮田の言葉だ。お世辞でもなければ、嫌みを言っているわけでもないらしく、本気でそう思っているみたいだった。

ちなみに、彼は絵美より五つ年下の四十歳であるらしい。年下の男性が上役になることなど珍しくもないけれど、ここまで穏やかに指導されるのは初めてだった。紳士的というか好感度が高いというか、つまりは働きやすい上役だった。

そう思ったことを伝えると、宮田は恥ずかしそうな顔になり謙遜《けんそん》をした。

「威張るほど偉くありませんから」

偉くなくとも、威張る人間はたくさんいる。むしろ取るに足らない人間のほうが威張る傾向にあるし、女性が相手だというだけで下に見る男性は少なからず存在する。

介護の職場で女性に嫌われてはやっていけない。そういう意味では、宮田は有能だ。そんなふうに感心していると、年下の上役が意外な台詞を口にした。

「本当に偉くないんですよ。だって、正社員になってから一年も経っていませんから。素人みたいなものですし」

落ち着いた物腰と言い、入居者から好かれていることと言い、ベテランだと思っていた。正社員になってから一年未満ということは、転職組なのだろうか？

「ずっと介護の仕事をされていたのではないんですか？」

質問すると、さらに意外な言葉が返ってきた。

「いえ。むしろ母に介護されていました」

「え？」

「ずっと引きこもっていたんですよ」

「まさか」

言葉が出てしまった。冗談かと思ったが、本当のことらしい。二十年も引きこもっていたようだ。他の職人たちも、宮田が引きこもりだったことを知っていた。彼の母親が、この施設で働いていたことも有名だった。

驚いたのはそれだけではなかった。なんと、この職場に勤めている女性と結婚したというのだ。

その女性は出産のために休暇を取っている。世の中には、ふいに訪れる幸せがあるみたいだ。

○

絵美にも、気になる男性が現れていた。

武田弘文《たけだひろふみ》。同じ高校に通っていた同級生だ。同窓会で再会した。ずっと出席していなかったけど、ふいに顔を出してみようという気持ちになった。そう思ったのは、正社員になれる見込みが立ったからなのかもしれない。男は仕事で変わると言うが、女だって変わる。まず気持ちが変わる。

弘文は、木更津市にある公立中学校の教師だ。国語を教えていると言った。大学では、漢文を専攻していたらしい。独身で、絵美と同じように結婚したことはなかった。

ずんぐりとしていて見た目は冴えないけど、一緒にいると落ち着いた。話し上手ではないが聞き上手で、一日中でも絵美の話を聞いてくれる。どことなくサバ吉に似た容貌をしていた。

何度か食事に行き、楽しい時間をすごした。口説くような真似はしなかったが、絵美に気があるようだった。

「結婚を前提に付き合ってください」

そう言われたのは、再会してからわずか一ヶ月後の十一月のことだ。いきなりのプロポーズだった。

彼となら幸せになれそうな気がしたし、正直なところ、公務員の妻になれるという考えも頭をよぎった。でも、その場では返事をしなかった。少し考えさせてくださいと答えた。

弘文のことが嫌いなわけではないし、結婚したくないわけでもない。打算的だと言われるかもしれないけれど、教師という安定した仕事に就《つ》いていることも魅力的だった。自分には、もったいないくらい条件のいい男性だと思う。

だけど、一つだけ問題があった。

「なー」

サバ吉だ。この猫こそが問題だった。

そのことを知ったのは、初めて二人で食事に行った帰りのことだ。夜の八時くらいだっただろうか。公園を歩いていると、野良猫らしき黒猫がやって来た。絵美は近寄ろうとしたが、弘文はあとずさった。頬のあたりが引き攣《つ》っていた。

猫が怖いのだろうかと首を傾げると、彼は言った。

「アレルギーがあるんです」

声が小さかった。絵美に口を挟む暇を与えずに続けた。

「重いものではありませんが、近寄らないようにしているんです」

恥ずかしそうに言い訳し、逃げるように話を変えてしまった。アレルギーがあるというだけではなく、やっぱり猫が怖いのかもしれない。猫を飼っていると言いそびれてしまった。

その後も、猫を飼っていると言わなかった。タイミングを逸していた。言えないまま、プロポーズされてしまった。

絵美は困った。サバ吉をどうしよう?

結婚するとすれば、弘文と一緒に暮らすことになる。猫アレルギーのある人間が、猫と同じ家で暮らすのは難しく思えた。

お気に入りの座布団の上で寝ているサバ吉を見ながら、絵美は考えた。そして、思いついたことを呟いた。

「職場で聞いてみるか」

自分に代わって、サバ吉を飼ってくれそうな人間をさがそうと思ったのだ。身勝手にも、そう思ってしまった。猫を追い出そうとしたのだ。

サバ吉は、たぶん前に捨てられている。ひどいことをする人間がいると憤《いきどお》っていたくせに、気づけば邪魔にしていた。弘文と結婚したいから、公務員の妻になりたいから猫に出ていってもらおうとしているのだ。

でも、その必要はなかった。職場で聞く必要はなかった。サバ吉を追い出す必要はなかった。

プロポーズされた三日後のことだ。

絵美が朝起きると、サバ吉が冷たくなっていた。丸まった姿勢で動かなくなっている。名前を呼んでも返事をしない。触っても動かない。寝息も聞こえない。座布団の上で固まっていた。

「そんな……」

呟いた声が、独りぼっちの家に沈んだ。

○

サバ吉を抱きかかえて動物病院に走った。拾ったときに診てもらった病院だ。手遅れだと思いながらも、諦め切れずに駆け込んだ。

あのときと同じ獣医が診察してくれた。見た瞬間に分かったらしく、サバ吉の死を絵美に伝え、それから慰《なぐさ》める口調で言った。

「猫の突然死は、珍しいことではないんです」

「突然死……」

「ええ。心筋症です」

それが、サバ吉の死因だった。猫の心筋症は、症状が分かりにくく、飼い主が気づかないうちに進行することがあるという。

珍しい病気でないことは分かった。しかし、自分を責めずにはいられなかった。自分のせいでサバ吉が死んだと思わずにはいられなかった。

もっと、気をつけてやればよかった。デートなんかしてないで、猫の健康診断に連れていってやればよかった。

後悔するのは、それだけではなかった。あり得ないことだと分かってはいたけど、絵美の気持ちを察して、あの世に行ってしまったような気がした。

「ごめんなさい」

謝ってもサバ吉は返事をしてくれない。家に帰っても、サバ吉はいない。ふたたび、絵美は独りぼっちになった。

◯

失って、初めて分かることがある。いなくなって、その存在の大きさに気づくことがある。

サバ吉は、大切な家族だったと気づいた。独りぼっちの自分の家に来てくれた家族だった。

だけど、もう遅い。今さら気づいても遅い。取り返しのつかないことが起こってしまった。

弘文は、サバ吉が死んだことを知らない。そもそも絵美が猫を飼っていることを知らない。

彼から電話が来たが、話す気力はなかった。プロポーズの返事をするどころではない。電話には出ず、メールもLINEも返さなかった。こんな真似をしたらフラれてしまうかもしれないが、今は話せない。彼とは話せない。

それでも仕事には行った。介護の現場は人手不足だ。絵美が休めば、誰かにしわ寄せがいく。利用者や同僚に迷惑をかけたくなかった。また、家にいたくないという気持ちもあった。

現場は忙しく、ましてや絵美は経験不足だ。言われたことをやっているうちに、時間がすぎていった。落ち込んでいる余裕などなかった。

でも、勤務時間が終わると駄目だった。退出のタイムカードを押した瞬間から力が抜け始め、施設の門を出たところで歩くことができなくなった。

家に帰ってもサバ吉はいない。そのことが辛かった。サバ吉のいない家に帰りたくなかった。

しゃがみ込みたかったが、職場の前でそんな真似はできない。みっともない女だと思われてしまう。

無理やりにでも歩き出さなければ、このまま、どこにも行けない。とにかく歩こうと思ったけれど、足に根が生えたみたいに動かなかった。がんばって歩こうとしていると、急に目眩を感じた。

ほんの少しだけ――一分か二分だけでも、休んだほうがいいのかもしれない。そう思って歩くのを諦めると、ふいに聞こえてきた言葉があった。

ここで猫を拾ったんです。

いつだったか、宮田が言っていた。

妻になった女性と一緒に拾ったとも言っていた。その猫のおかげで結婚できたとも言った。

思い浮かんだのは、それらの言葉だけではなかった。

ちびねこ亭に行って、死んだ母と会うことができました。

宮田は、確かにそう言った。どんな話の流れで言われたのかも記憶になかったし、この言葉を聞いたこと自体、今の瞬間まで忘れていた。不思議なことを言われたのに、おかしいとも思わず、気にも留めていなかった。

それが突然、記憶の底から顔を出した。鮮明に思い出したのだった。

「ちびねこ亭」

声に出して呟いた。死んだ人間と会える店。その食堂に行けば、死んでしまったサバ吉に会えるのだろうか？

こんな自分にも、奇跡は起こるのだろうか？

○

店の名前を呟いたとたん、魔法が解けたみたいに足が動いた。

いつもなら仕事帰りに買い物をしていくのだが、今日は脇目も振らずに帰宅した。冷蔵庫には何もなかったけど、食事のことを考えもしなかった。

家に着いた。誰もいない古い建物は空気が冷たかった。絵美は、エアコンもつけずにパソコンを立ち上げた。一刻も早く知りたいことがあったのだ。

知りたいこと——ちびねこ亭は、本当にあった。検索すると、ブログが出てきた。それは、病気で入院している女性の日記だった。

そのブログのタイトルは、黒板に白チョークで書いたような飾り文字でこんなふうに書かれていた。

ちびねこ亭の思い出ごはん

レシピブログとも思える名前だが、料理の作り方は書いていなかった。アクセスカウンターが設置されていたけれど、あまり訪問者はいないようだ。更新もずいぶん前から止まっている。

放置されているようにしか見えないが、記事数はかなり多い。絵美は、最初の日付から読むことにした。

ちびねこ亭の思い出ごはんブログは、悲しい話から始まっていた。

夫が行方不明になったのは、もう二十年も昔のことです。

海へ釣りに行ったまま、いなくなってしまいました。

他人に読ませる気がないのか、細かい説明はなかった。自分のための日記なのかもしれない。もしくは、悲しすぎて書くことができないのか。

そんなことを思いながら、絵美は続きを読んだ。

生きているわけがない。諦めたほうがいい。

警察や地元の漁師さんたちに言われました。でも、諦め切れずにいます。

「君より長生きする。絶対に先に死なない」

結婚するとき、夫はそう言いました。私に約束してくれました。

私は、その言葉を信じます。子どももいるのに、先に逝《ゆ》くはずがありません。

読めば読むほど引き込まれる文章だった。夫を失ったにもかかわらず、女性は前向きに生きていた。

ブログは、その後の生活にも触れていた。彼女は、海に出たまま帰って来ない夫を待ちながら食堂を始めた。それが、ちびねこ亭だった。この名前にしたのは、小さな猫を飼っているからだという。

夫を失った女性が一人で始めた店。

帰って来ない者を偲ぶ店。

猫を飼っている店。

そのすべてに惹かれた。サバ吉に会いたいと言っても、この女性にならら迷惑がられないような気もした。

トップページに、店の住所と電話番号が書いてあった。驚いたことに、絵美の家から近かった。地図を見ると、歩いていける距離だった。

スマホを取り出し、画面の番号にかけた。呼び出し音が鳴り、一分もしないうちに応答があった。

「お電話ありがとうございます。ちびねこ亭です」

若い男性の声だった。ブログの女性が出ると思っていたので少し言葉に詰まったが、気を取り直して、単刀直入に聞いた。

「『ちびねこ亭の思い出ごはん』というブログを見ました。思い出ごはんを食べることはできますか？」

「はい。承っております」

その返事を聞いて、ほっとした。でも、重要なのはここからだ。緊張しながら、それを伝えた。

「猫なんです」

「はい？」

「猫との思い出ごはんをお願いしたいんです」

頭がおかしい女だとバカにされるかと思ったが、彼は「なるほど」と真面目に聞いてくれた。

「どんなものをお作りすればよろしいでしょうか？」

そう質問された。思い出ごはんは、死者を偲ぶ料理だ。決まったメニューがあるわけではなく、一人一人に違った料理を出しているみたいだ。

しばらく話をした。男性は何度か相槌を打ち、最後にこう言った。

「ご予約を承りました。尾藤さま、お待ちしております」

こうして死んでしまった猫に会いにいくことになった。本当に会えるのかは分からない。

○

その日がやって来た。

朝早く起きて、ちびねこ亭に向かった。仕事が休みの日に、予約を取ることができた。

そして、このことは、誰にも——弘文にも宮田にも話していない。

弘文はともかく、宮田には話そうかとも思ったが、結局、言わなかった。ちびねこ亭のことを聞いてみたいという気持ちはあったけれど、誰にも話さないほうがサバ吉と会える気がしたのだ。

タクシーを使わず歩いていくことにした。最近の十二月は暖かく、歩いても苦にならない。自動車を持っていない絵美は、いつだって歩きだ。仕事に行くときもそうだし、サバ吉を拾ったときも歩いて動物病院に行った。

絵美の住んでいる家は、小糸川沿いの堤防に接していて、石段を上がるだけで堤防に出ることができる。

小糸川を見下ろしながら、舗装された堤防の道を歩いた。十分としないうちに、海が見え始める。東京湾には、誰もいなかった。釣り人も見当たらない。すべての人間が死に絶えた町の海のようだった。

冬の海を見ているうちに思い出した話がある。遠い昔、海の向こうに死者の国があると信じられていた時代があるという。

その話を聞いたときには、「そんなわけないのに」と思いもしたが、今の自分は死者の国を信じているのと変わりがなかった。いや、それ以上だ。死んだ猫に会おうとしているのだから。

人は、信じたいことだけを信じる。信じたくないことは、バカにする。自分の都合で立場を変える生き物だ。

○

ちびねこ亭は、すぐに分かった。

白い貝殻を敷いた小道の先にあった。ヨットハウスのような青い建物と、看板代わりらしき黒板が見えた。

「こんなところに食堂があったなんて……」

そう呟いてみたものの、言うほど意外ではない。地元だろうと行ったことのない場所はたくさんあった。特に、働くようになってからは、職場と家とを行ったり来たりしているだけだ。

最後に海に行ったのは、いつだっただろうか？　分からないくらい昔のことだ。昭和のころだったかもしれない。両親と砂浜を歩いた微かな記憶があった。

「お父さんとお母さん、あの世でがっかりしているだろうな……」

結婚もせず、正社員にもなれない四十五歳の娘は呟いた。女は結婚して子どもを産むのが当たり前という時代があった。両親は何も言わなかったけど、自分の娘が結婚をして家庭を持つことを望んでいた気もする。

また、後ろ向きな気持ちになった。絵美は、ため息をつきながら青い建物に近づいた。

すると、ちびねこ亭の入り口の扉が少しだけ開いた。店から誰かが出てくるのだろうかと思ったが、その予想は半分だけ当たる。扉から顔を出したのは、人ではなかった。

「みゃ」

茶ぶち柄の子猫が扉の隙間から顔を出し、こっちを見た。絵美と視線が合うと、何かを納得したように鳴いた。

「みゃん」

そして、顔を引っ込めてしまった。今のは、何だったのだろう？　あの子が、ちびねこ亭の飼い猫だろうか？

ちびっこくて、可愛らしい顔をしていた。おっさん猫だったサバ吉とは、ずいぶん違う。

また思い出してしまった。台風の夜に雨に打たれていたサバ吉は、すごく小さく見えた。必死に壁に身を寄せている姿が悲しげで、守ってやりたい気持ちになった。それなのに死なせてしまった。

目が潤《うる》みそうになった。だけど四十五歳の大人が、こんなところで泣いてはいけない。ここは店の前だ。泣いていたら恥ずかしいし、店の迷惑になる。

深呼吸し、冬の空気と一緒に涙を呑み込んだ。感情を抑えるのは得意だ。我慢だって苦手じゃない。自分に言い聞かせた。

しばらく、そうして気持ちが落ち着くのを待ってから、ちびねこ亭の入り口の扉を押した。

カランコロン。

ドアベルが鳴った。初めて聞いたはずなのに、懐かしく思える音だった。

こんにちは、と挨拶しようとしたが、それより先に、絵美を出迎える二つの声が上がった。

「いらっしゃいませ」

「みゃあ」

二十歳くらいに見える若い男性と、さっきの茶ぶち柄の子猫が立っていた。絵美が来るのを待っていてくれたようだ。

若い男性が、絵美に言った。

「はじめまして。ちびねこ亭の福地櫂と申します。お越しいただき、ありがとうございます」

電話で聞いた声だった。その声の主は、端整な顔立ちをしていた。やさしそうで、少し儚《はかな》い雰囲気を漂わせている。どことなく、中学生時代に憧れていたアイドルに似ている。

「尾藤絵美さまでいらっしゃいますね」

「は……はい」

返事をすると、櫂がお辞儀をした。

「お待ちしておりました」

まるで執事喫茶だ。いや、もっと自然だ。普段から丁寧な言葉遣いで話していると分かる物腰だった。

若い男性――特に二枚目を相手にすると身構えてしまうことがある絵美だが、櫂は苦手なタイプではなかった。話しやすいというのは違うけれど、ほっとするタイプだ。癒やし系というのだろうか。

「こちらの席でよろしいでしょうか?」

「は……はい」

頷くと、窓際の四人がけのテーブルに案内された。絵美の他に、客はいなかった。そのことにも、ほっとした。他の客がいたら、死んだ飼い猫と会いたいなんて言えない。

誰もいなくても言い出しにくかった。だが、言わなくても大丈夫だった。櫂が話を進めてくれた。

「ご予約いただいた思い出ごはんをお持ちします。少々、お待ちください」

一流ホテルのウェイターのように腰を折り、足音も立てずにキッチンにさがっていった。雑談をするタイプではないようだ。

一人になり、改めて店内を見た。いつの間にか茶ぶち柄の子猫が、壁際の安楽椅子の上で丸くなっている。絵美の相手をするつもりはないようだ。

ちびねこ亭には古時計があるくらいで、テレビも雑誌もなかったけれど、退屈はしなかった。スマホをいじることもせず、窓の外の海景を見ていた。この町で生まれたくせに、こんなふうに海をゆっくりと見た記憶がなかった。

波の音が心地いい。ウミネコの鳴き声は可愛らしい。茶ぶち柄の子猫の寝息が聞こえて来そうなくらい静かな時間だ。

さっき思い出しかけた両親と砂浜を歩いた記憶が、はっきりとよみがえった。二人は、幼い絵美を守るように手をつないでくれた。右手を父に、左手を母に預けて歩いている。そのときの光景が、窓の外に思い浮かぶようだった。

やがて、櫂が戻ってきた。湯気の立っている椀を一つだけ持っている。みその香りを感じた。

「お待たせいたしました」

そう言ってテーブルに置いたのは、みそ汁だった。

○

サバ吉と暮らした日々は短く、特別なことは何も起こらなかった。ドラマチックな出来事は何もない。だけど毎日が思い出だった。サバ吉とすごす何でもない一日が心地よかった。

思い出ごはんにしても、特別なものではない。鶏肉の肉団子を入れたみそ汁。それが、絵美が注文したものだった。鶏胸のひき肉に生姜《しようが》と刻んだ長ねぎを加えて、練り合わせて食べやすい大きさに丸めたものを、みそ汁に入れただけの料理だ。

残ったみそ汁にご飯を入れて雑炊にしても美味しいし、茹でたうどんを放り込んだだけで一食分になる。

また、鶏胸のひき肉は値段が安く、食費を節約したい一人暮らしの人間には、うってつけの料理と言える。鶏肉でタンパク質を取れるし、生姜は身体を温めてくれる。味だって悪くない。

言うまでもないことだが、人間の食べ物の多くは猫には毒になる。例えば、みそ汁は塩分が高すぎる。サバ吉に食べさせたことはなかったが、鶏団子みそ汁のにおいが好きなのか、絵美が食べているとそばに寄ってきた。普段は無愛想なくせに、身体を擦《す》りつけてくることもあった。

「どこか痒《かゆ》いの？」

そんなふうに聞くと、どことなく不本意そうに鳴くのだった。

なー。

……え？

絵美は驚き、椀と箸を置いた。今、確かに鳴き声が聞こえた。記憶の中の出来事ではなく、現実に鳴き声が聞こえた。この店の子猫のものとは違う。くぐもってはいたけど、サバ吉の声だった。

慌てて周囲を見た。海霧が立ちこめてきたのか、店内が霞んで見える。そして、サバ吉はいなかった。

〝空耳？〟

呟いた自分の声も、くぐもって聞こえた。やっぱり、耳がおかしくなったみたいだ。変な病気にかかったんじゃなければいいけど。

そのときのことだ。足もとから、怠《だる》そうに鳴く猫の声が聞こえてきた。

〝なー〟

目を落とすと、食堂の床にサバトラ柄の猫がいた。

ふてぶてしい顔。中年男性を思わせる締まりのない体型。間の抜けた顔。世の中にサバトラ柄の猫はたくさんいるだろうが、ここまでおっさんくさい猫は滅多にいない気がする。

〝サバ吉？〟

名前を呼ぶと、面倒くさそうに返事をした。

〝なー〟

このやる気のない感じは、サバ吉だ。間違いない。おっさん猫のサバ吉だ。死んだ人間だけでなく、死んだ猫にも会えた。

自分には、奇跡なんか起きないと思って生きてきた。いいことなんか、一つもないと決めつけていた。

だけど、そんなことはなかった。そもそも、サバ吉と出会えた時点で奇跡だし、出会えなかった人生に比べれば幸せだ。

〝あのね――〟

サバ吉に向かって言葉を押し出す。

〝邪魔にして、ごめんね〟

絵美は謝った。死んでしまった飼い猫に――家族に謝った。人間の言葉は猫には通じないものだけど、この不思議な食堂では届くような気がした。サバ吉は黙って聞いている。

〝本当に、ごめんなさい〟

テーブルに額をつけるように頭を下げた。二度三度と謝ったが、サバ吉は返事をしてくれなかった。

いくら何でも静かすぎる。反応がなさすぎる。不思議に思ってサバ吉を見ると、床で丸くなっていた。すやすやと眠っている。黙って聞いていたのではなく、寝ていたのだ。

太平楽《たいへいらく》な寝顔を見ているうちに、肩の力が抜けた。絵美が謝ろうと、サバ吉にはどうでもいいことみたいだ。猫には、この世もあの世も変わらないのかもしれない。自由に行き来しているような気さえした。

少し考えてから、謝罪ではなく別の言葉を口にした。

〝ありがとう〟

言った瞬間、これが本当に言いたかった言葉だと気づいた。自分は、ごめんなさいではなく、ありがとうとサバ吉に伝えたかったのだ。私の家に来てくれて、ありがとう。こんな私と家族に一緒にいてくれて、ありがとう。あなたのおかげで寂しくなかった。また独りぼっちになってしまったけど、あなたとすごした時間は忘れない。

すると、寝ていたはずのサバ吉が顔を上げた。絵美の顔を見て、異を唱えるように鳴いた。

〝なー〟

サバ吉は、何か言いたそうな顔をしている。

〝なあに？〟

問い返したが、返事は一緒だった。

〝なー〟

言いたいことがあるなら聞いてやりたかったが、これでは分からない。思い出ごはんを食べて奇跡が起ころうと、あの世と繋がろうと、猫の言葉は分からなかった。

〝分かるように言ってくれる？〟

〝なー〟

面倒くさそうに鳴いて、サバ吉が起き上がった。それから、欠伸《あくび》のような伸びをして、短い足で歩き始めた。とことこと食堂の入り口のほうへ向かっていく。

〝どこに行くの？〟

〝なー〟

またしても、人間には分からない返事をした。しかも、サバ吉は振り返らない。絵美を見ようともしなかった。そのまま店から出ていこうとしているようだ。

絵美は慌てた。外は危険だ。自動車もバイクも通らない場所のようだが、やっぱり危ない。

迷子になることもないとは言えないし、カラスなどの野鳥に襲われることもあり得た。野良猫がいるかもしれない。喧嘩をして怪我をする可能性もあれば、病気を感染《うつ》される可能性だってある。

サバ吉が死んでいることを忘れて焦っていると、どこからともなく女性の声が聞こえてきた。

思い出ごはんが冷めるまでしか、この世にいられないのよ。

〝え？〟

問い返し、周囲を見たが、誰もいない。店の中は静まり返っていた。

でも、確かに声が聞こえた。絵美と同い年か、あるいはもっと年上か。なぜか、ちびねこ亭のブログのことが思い浮かんだ。

その女性の声に反応するように、安楽椅子の上で眠っていた茶ぶち柄の子猫が〝みゃん〟と小さく鳴いた。母親に甘える幼子のような声だった。女性の声が聞こえたみたいだ。

時間だから。

また聞こえた。

テーブルの上を見ると、みそ汁の湯気が消えかけている。思い出ごはんが冷めようとしていた。

まだ何も話していないのに、サバ吉の頭を撫でてさえいないのに、この世から去っていこうとしている。

〝そんなの、嫌……〟

絵美の口から気持ちがあふれ出た。これまで報われることのない牢獄みたいな人生を送ってきた。両親にも先立たれて、独りぼっちで生きてきた。サバ吉がやって来てからも、牢獄であることに変わりはなかったかもしれないけれど、毎日が楽しかった。少なくとも独りぼっちじゃなかった。

〝待って！〟

絵美は叫んだ。サバ吉と離ればなれになりたくない。捕まえよう。あの世になんて帰さない。家に連れて帰ろう。また一緒に暮らそう。

そう思ったはずなのに——そう決めたはずなのに、絵美の身体は動かなかった。金縛りにあったみたいに言うことを聞かない。追いかけるどころか、立ち上がることすらできなかった。

もう、この世にいられないの。

帰らせてあげて。

女性の声が、やさしく語りかけてきた。聞き分けのない子どもに言い聞かせるような口調だった。

ブログを書いた女性のことを考えた。記事を読んだかぎりでは、彼女の夫は帰ってきていない。

明日もまた会えると信じていただろうに、二度と会えなかったのだ。さよならを言うこともできずに、最愛の人は遠くに行ってしまった。

この世の別れの多くは、さよならを言えない。人生は儚く、生きることは、いつだって死と隣り合わせだ。いつ時間がなくなってしまうかは分からない。数秒後に、自分の人生が終わってしまうことだってあり得るのだ。

今の瞬間を無駄にしてはならない。この瞬間を大切にしなければならない。絵美は、大好きな家族に別れを言った。

〝……さよなら、サバ吉〟

悲しすぎて小さな声しか出なかった。これでは、伝わらない。絵美は、深呼吸をして絞り出すように大声で言った。

〝さよならっ!!〟

〝なー〟

いつもの返事があった。最後まで面倒くさそうに鳴いている。絵美は、そんなサバ吉に頼みごとをした。

〝私もそのうち、あの世に行くから。そしたら、また一緒に暮らして。そっちの世界でも、私と家族でいて〟

その言葉が届いたのかは分からない。サバ吉は返事をしなかったけれど、しっぽを縦に振った。絵美には、頷いたように見えた。

やがて、誰も触れていないのに、カランコロンとドアベルが鳴り、外の世界に続く扉が開いた。

そして、何も見えなくなった。

そして、何も聞こえなくなった。

○

サバ吉がいなくなると、世界は暗くなった。真っ暗な牢獄に閉じ込められたみたいに感じた。

鎖につながれたように身体が動かなかった。しゃべることもできず座っていると、若い男の声が聞こえてきた。

「お茶をお持ちしました」

それが、魔法の言葉だったみたいだ。暗闇が消えて、絵美の世界が明るくなった。櫂がテーブルの脇に立っていた。絵美は椅子に座っている。サバ吉は、どこにもいない。鶏団子のみそ汁は、すでに片付けられていた。

奇跡の時間は終わった。

サバ吉は、あの世に帰っていった。

そのことは分かった。だけど、分からないこともあった。サバ吉は、絵美に何かを伝えようとしていた。何を言おうとしていたのか、結局、分からなかった。

櫂に聞けば分かるのだろうか？

ちびねこ亭の主は、何でも知っているような気もする。また、この男なら面倒くさがらずに答えてくれるだろう。

質問しようとしたときだった。あの世に帰ったはずのサバ吉の声が聞こえた。

〝なーっ！〟

何やら腹を立てている。姿は見えないが、気持ちが伝わってきた。櫂に聞いてみようとしたことに怒っているみたいだ。

どうして駄目なんだろう？

首を傾げたとき、絵美のスマホが鳴った。画面を見ると、弘文の名前があった。

〝なー〟

また、聞こえた。諭《さと》すような声だった。何を言っているのか、今回も何となく分かった。弘文と話せ、と言っているみたいに聞こえた。櫂ではなく、弘文と話せと言っている。都合のいい解釈かもしれないけれど、サバ吉が弘文を知っているわけがないのに、そう言っているように思えたのだ。

確かに、弘文なら話を聞いてくれるだろう。猫を飼っていたと言えずに悩んでいたことだって、きっと分かってくれる。

こうして落ち着いてみると、何も話さなかった自分がバカみたいだ。世間を僻み、独りぼっちだと自分を哀れんでいた自分がバカみたいだ。

でも、ちゃんと話せるだろうか？

弘文の声を聞いたら、サバ吉のことを話したら、きっと泣いてしまう。たくさん泣いてしまう。

泣きながら電話をするのは、少し恥ずかしい。櫂が見ているし、ここは自分の家ではないのだから。

僻みっぽいのも性格なら、他人の目を気にするのも絵美の性格だ。今さら変えることはできない。それに、食堂で携帯電話で話すのは褒《ほ》められたことではない。

四十五歳の女は、いろいろなことを気にする。いろいろな理由を見つけて、何もやらない方向に進もうとする。

電話に出ることもできず、だからといって切ることもできずにいると、櫂が言ってきた。

「ごゆっくり、お話しください」

絵美が電話に出たがっていることに気づいていたのだ。少女漫画に出て来る執事のようにお辞儀をして、キッチンに戻っていった。

これで、電話に出ない理由はなくなった。

思い出ごはんは冷めてしまったが、お茶からは湯気が立っている。安楽椅子の上では、茶ぶち柄の子猫が寝息を立てている。窓の外から、ウミネコの鳴き声と波の音が聞こえた。

絵美は、スマホに指を滑らせた。

ちびねこ亭特製レシピ

鶏団子みそ汁

材料（1人前）

・水　200ml
・鶏胸ひき肉　80g
・長ねぎ　1本
・おろし生姜《しょうが》　適量
・みそ　大さじ1

作り方

1　長ねぎの青い部分をみじん切りにして、おろし生姜と一緒に鶏胸ひき肉と混ぜ合わせる。練るように混ぜて、鶏団子を作る。
2　長ねぎの白い部分を斜め切りにして、水と一緒に鍋に入れて沸騰させる。
3　2に鶏団子を入れて、火が通るまで加熱する。
4　火を止めて、みそを溶かし入れて完成。

ポイント

鶏団子の大きさは好みで調整してください。ただし、大きすぎると崩れる危険性があります。

ちょびひげ猫とコロッケパン

ばれいしょ

6月~7月にかけて、千葉県のばれいしょが出回る時期となります。お店に並んでいるばれいしょの多くは北海道産で、6月~7月は出荷量が少なくなります。しかし、その時期には、九州や関東地方の千葉県産等のばれいしょが出回る時期となります。そのため、お店には一年中ばれいしょが並びます。6月~7月には、直売所でも千葉県産のばれいしょが手に入りやすくなっています。

千葉県ホームページ「教えてちばの恵み」

二木琴子《にきことこ》がちびねこ亭を知ったのは、去年の十月のことだった。

夏の終わりに、兄の結人《ゆいと》が死んだ。交通事故だった。琴子を助けようとして、自動車に轢《ひ》かれて死んでしまった。目の前で、兄の命は消えた。

今でも、そのときのことを忘れられずにいる。まだ半年も経っていないのだから、悲しみが癒えるはずがない。記憶は鮮明だ。

書店に行った帰り道だった。兄と一緒に横断歩道を歩いていると、自動車が突っ込んできていた。琴子に向かって、猛スピードで走ってくる。

轢かれる！

危険を感じたが、身体が強張《こわば》って逃げることができない。怯《おび》えていた。恐怖で足が竦《すく》んでいた。恐ろしさから目をつぶりそうになっていた。

その瞬間だった。背中に強い衝撃を受けた。一瞬、自動車に轢かれたのかと思ったが、ぶつかる位置が違う。誰かに突き飛ばされたんだと分かった。

大きな力に押し出されるように、琴子の身体が反対側の歩道に転がった。膝を擦りむき、肘を打ったが、自動車に轢かれずに済んだ。命は助かった。

そのまま気を失っていればよかったのに、琴子の意識ははっきりしていた。しかも、歩道に突き飛ばされた後、振り返り、その瞬間を見てしまった。目をつぶっていればよかったのに、それを見てしまった。

琴子を突き飛ばしたのは——助けてくれたのは兄だった。自動車に轢かれる寸前に、兄は力いっぱい琴子を突き飛ばしたのだった。

自分は助かったが、兄は逃げることができなかった。横断歩道に突っ込んできた自動車に撥ね飛ばされて、糸の切れたあやつり人形のように転がった。

そして、動かなくなった。ねじ曲がったような不自然な恰好で倒れたまま、ぴくりともしなかった。

たくさんの悲鳴が上がった。そこには、自分の悲鳴も混じっていた。

やがて、救急車とパトカーのサイレンが鳴った。

救急車が着いたとき、兄はもう死んでいた。

自分はどうして生きているのだろう？

兄の代わりに死ねばよかったのに、生きている。兄が死んだのに、琴子は生きている。

生きていたくないのに、生きていた。

琴子は、絶望の淵に沈んでいた。食事を満足に取れなくなり、夜も眠れなくなった。目を閉じると、兄の死に顔が思い浮かんだ。自殺する気力もないまま、ただ、ぼんやりと毎日をすごしていた。寿命が尽きるのを待っているような日々を送っていた。

兄の墓参りに行ったときのことだった。墓の前で、兄の友人と出会《でくわ》し、不思議な話を聞いた。

ちびねこ亭のことを教えてもらった。


レストランというより食堂だな。

海の町の定食屋だ。

千葉県の内房にあるんだが、聞いたことないかな？

ちびねこ亭に行けば、結人と話せるかもしれん。


その言葉にすがりつくように、食堂を訪ねた。兄と会うことができた。話をして、琴子はたくさん泣いた。少しだけ立ち直ることができたと思う。

それをきっかけに福地櫂やちびと縁ができ、アルバイトとして雇ってもらった。東京から週に一回か二回のペースで通っている。

ちびは可愛いし、櫂のことは——好きだ。櫂本人に言ったことはないけど、異性として惹《ひ》かれている。東京から千葉まで通っているのは、ふたりの顔を——特に櫂の顔を見たいからだった。それくらいの自覚はある。

でも、年末年始は店が休みで、琴子の仕事も入っていない。だから、その間は顔を見ていない。

仲が悪いわけじゃないのだから、仕事とは関係なく遊びに行けばいいようなものだが、アルバイトのない日にまで訪ねていく勇気はなかった。

琴子は、気が小さい。迷惑がられたら、どうしよう。櫂に嫌な顔をされたら、どうしよう。そう思ってしまうのだ。

櫂は、母を亡くして喪中だ。琴子もそうだから、新年の挨拶を控えたほうがいいだろう。そんなふうに遠慮して連絡も取らずに、年末年始をすごしていた。

今年最初のアルバイトは、一月五日に入っている。ちびねこ亭の仕事始めの日だ。四月から大学に戻るつもりでいるが、それまでは時間がある。復学の準備をしながら、ちびねこ亭で働こうと思っていた。そして、大学に通うようになっても、できることなら働きたいと思っていた。

ちなみに、ちびねこ亭は朝ごはんの店だ。昼過ぎまでやっていることはあっても、それは午前中の客が長引いただけで、店としてはランチさえやっていない。

商売気がないほど早じまいをするのには、理由があった。櫂の母親が入院していて、お見舞いに行くために早く食堂を閉めていたのだ。そのあたりの事情は、琴子もよく知っている。

助かるような病気ではなかった。病気が見つかったときには、もう手遅れだった。癌が全身に転移していて、手術さえもできない状態だったという。入院にしても治療のためではなく、苦痛を緩和するためのものだった。

櫂の母親は、名前を「七美」と言った。会ったことはないけれど、やさしくて強い女性だと知っている。

話を聞いただけで、そう分かった。


元気になって家に帰ったら、たくさん本を読むから預かってて。

緩和病棟のベッドに横たわったまま、櫂の母は自分のかけていた眼鏡を息子に渡した。形見のつもりだったのだろう。もう助からないと、誰もが知っていた。

それでも、櫂は奇跡を信じていた。母が元気になることを祈っていた。また一緒に暮らせる日々が来ると願っていた。

でも、奇跡は起こらなかった。

助からない病気は、やっぱり助からなかった。

彼女は死んでしまった。櫂は、ちびとふたりで母を見送ったという。もちろん、猫は火葬場に連れて行けない。

彼は一人で母親の骨を拾い、預かっていた眼鏡と一緒に骨壺に入れた。苦しい闘病生活のためだろう。骨壺は軽かったと言った。

そして骨壺に手を合わせ、祈りを捧げた。

あの世で不自由しないように。

たくさん本を読めるように。

お母さんが困らないように。

死後の世界を信じてもいないくせに、あの世なんてないと思っているくせに、あの世での母の幸せを祈った。病気のないあの世で、大好きな本をたくさん読んで欲しいと願った。

母親のお見舞いに行く必要がなくなった後も、櫂は午前中だけの営業を続けている。午後になると店を閉めてしまう。

「急に営業時間を変えるのも、どうかと思いまして」

言い訳するみたいに言った。彼の真意は分からない。ちびねこ亭の営業時間外に、何をしているかも琴子は知らなかった。いずれ聞いてみようかとは思っているが、自分にその度胸があるだろうか。

とにかく、年末年始は何事もなくすぎていった。喪中なので親戚も年始にやって来ない。アルバイトを二日後に控えた一月三日の夜のことだった。自分の部屋で小説を読んでいると、ドアをノックされた。控え目な叩き方だった。

「はい」

返事をしてドアを開けると、父が立っていた。思い詰めた顔をしていた。琴子は、心配になった。父は真面目な性格をしていて、考えすぎるところがある。自分の性格は、父親に似たのだろう。

用件を尋ねようとするより早く、父が思いがけないことを聞いてきた。

「ちびねこ亭に行ってもいいか？」

○

琴子の父親――二木健《たけし》は、五十二歳になった。

一昔前なら初老をすぎて、そろそろ人生の終わりを考え始める年齢だろうが、現代では、むしろ働き盛りと言っていい。年寄りと呼ぶ者は、まずいない。健自身も、まだ若いつもりでいた。会社にいる二十代三十代の若者よりも元気なつもりでいた。

それを覆《くつがえ》す出来事が、去年の十二月に起こった。会社で頭痛に襲われた。今までにないくらい痛かった。目眩を感じ、耐えきれずに病院に行った。

その日は診察を受けて薬をもらって帰った。それを飲むと痛みは治まったが、念のため数日後に詳しい検査をすることになった。

何でもないと思っていたところ、脳に腫瘍《しゅよう》が見つかった。病気が見つかってしまったのだった。

それを知らされたとき、自分の顔から血の気が引いていくのが分かった。担当医は落ち着いた声で続けた。

「手術をする必要があります」

「手術……ですか？」

健は聞き返した。驚いた口調だったと思う。こんな大事になるとは考えていなかったのだ。

「はい。腫瘍を切除する必要があります。成功率の低い手術ではありません」

医者としてはフォローしたつもりのようだが、逆効果だった。失敗する可能性もそれなりにあると言われた気がしたのだった。

できることなら手術をせずに済む方法を選びたかったが、その選択肢はなかった。

「手術は早いほうがいいです」

逃げ場を塞ぐように言われた。担当医は、若い女性だった。見たところ、三十歳くらいだろうか。娘と言っても通用する年齢だ。最近、どこに行っても、自分より若い世代が第一線に立っている気がする。

そのとき、妻の緑《みどり》が同席していた。予感があったのかもしれない。検査結果を聞きにいくと言ったところ、ついてきたのだ。

家族が同席するのは珍しいことではないのか、医師は健と妻の二人に向かって説明をしていた。

「一番早い日に手術をお願いします」

そう言ったのは、それまで黙って話を聞いていた妻だ。普段はおとなしいが、実は、健より気が強かった。今も取り乱すことなく、夫が動揺していることに気づいていた。

結局、医者にすすめられるがままに、一月末に手術をすることになった。手続きは、妻が全部やってくれた。

「琴子には、自分で話してね。そのほうがいいと思うから」

「そうだな」

健は頷いたが、ただすぐには話すことができず、正月の終わりにようやく話した。何でもないことのように話したかったのに、声が震えた。病気が見つかったことが——手術をすることが怖かったのだ。どうしようもなく怖かった。

助けてくれ、と叫びたかった。

○

心に重くのしかかっているのは、自分の病気のことだけではない。

去年の夏のことを思うと、胸が張り裂けそうになる。息子が死んだ。暴走してきた自動車から妹を助けて轢かれた。

琴子は、自分のせいで兄が死んだと責任を感じ、身体と心が壊れる寸前まで追い詰められた。そのとき、娘を支えることができなかった。健自身、息子を失った悲しみに呑み込まれていたのだ。

琴子は、父親の力を借りずに立ち直った。完全にもとに戻ったわけではないが、少なくとも立ち直ろうとしている。妻も気丈に振る舞っている。

頼りなくても、自分は一家の大黒柱だ。しっかりしなければならない。息子の死は悲しいけれど、妻と娘がいる。二人のために生きていこう。そう決心した矢先、病気が見つかった。手術を受けなければならなくなった。

病気になって分かった。自分が思っていたよりもずっと弱くて、身勝手な人間だったと分かった。妻と娘のために生きようと決心したのに、自分のことで頭がいっぱいになってしまった。

「きっと大丈夫。失敗する確率は低いって、お医者さんも言っていたじゃない」

妻は励ましてくれる。健の気が小さいことを承知している。

「そうだな。骨休めのつもりで手術を受けてくるよ」

そんなふうに強がってみせたが、手術という言葉を口にするたびに手が震えた。妻は、その震える手を握ってくれた。

健の記憶の中には、死んでしまった人たちがいる。思い出の中でしか会えない人たちがいる。両親もそうだし、結人もそうだ。友人たちの何人かも、そっちの世界に行ってしまった。

死者のことを思うのは手術が決まったからだろうし、琴子の言葉を思い出したからだ。

思い出ごはんを食べると、大切な人に会えるの。

脳腫瘍が見つかる前、去年の十二月に聞いた言葉だ。内房にある食堂に行って、結人と会ってきたというのだ。思い出ごはんというのは、陰膳——死者を偲ぶ料理のことらしい。信じられない話だけれど、嘘だとは思わなかった。琴子は嘘をつく人間ではないし、実際、その日を境に立ち直り始めた。

でも、ずっと忘れていた。頭の片隅にあったのだろうけど、そのことを考えなかった。それが今になって気になった。健にも会いたい死者がいたからだ。

生きていると、辛いことが起こる。手に負えない現実が襲いかかってくる。そんなとき、守られていた子どものころのことを思い出す。無条件で守ってもらえたころのことを思い出す。強かった父親のことを思い出す。

勇三《ゆうぞう》という、いかにも強そうな名前を持つ父は、三十年前、健が大学生のころに他界した。癌になって死んでしまった。

しかも、父が死んだのは五十二歳のとき——今の健の年齢だった。脳腫瘍の手術が上手くいかなければ、父と同じ年齢で死ぬことになる。

○

手術の一週間前から入院することになっているが、それまでは自由にしていいようだ。喫煙や飲酒、息が切れるような過度の運動をしなければ、旅行をしてもいいとさえ医者は言っていた。

仕事に行こうかとも思ったが、さすがに落ち着かない。また、周囲にも気を使わせることになる。結局、手術が終わって退院するまで休むことにした。職場には、簡単な手術を受けることになったとだけ伝えてある。脳腫瘍という病気をどう受け止めたかは分からない。

ちびねこ亭に行くなら今しかなかった。その食堂は、千葉県の内房にあるという。泊まるつもりはないから、つまり日帰り旅行だ。

琴子に頼んで、ちびねこ亭の予約を取ってもらった。健自身も電話に出て、いくつかの質問を受けた後、一月五日の午前中に行くことになった。

千葉県君津市まで行くことを娘は心配してくれた。一緒に行くとまで言ってくれた。それを断ったのは、妻だった。

「お父さんは一人で行きたいのよ」

何も言っていないのに、健の気持ちを分かってくれている。妻には、頭が上がらない。

その日、琴子はアルバイトが入っていたようだが、なるべく顔を合わせないように時間をずらしてもらったそうだ。

「すまなかったな」

「ううん。大丈夫」

娘は、首を横に振った。雇い主に電話をしたせいか、少し顔が赤かった。身内のことで頼みごとをしたのが恥ずかしかったのかもしれない。その気持ちは、健にもよく分かった。

◯

そして、一月五日になった。

晴れていて雲一つない天気だった。最近の冬は暖かい。この日も、コートがなくても大丈夫なくらいの陽気だった。妻に言われて、薄手の上着を持っていくことにはしたが、出かけるときは着なかった。

「行ってくる」

妻と娘に声をかけて我が家を後にした。職場と病院以外の場所に一人で出かけるのは、久しぶりのことだ。

自家用車で行くことも考えたが、職場へは電車と徒歩で通勤しているし、結人が事故に遭った日から運転をしていなかった。

また、脳に腫瘍があるのだから、突然、体調が悪くなることだってないとは言えない。事故を起こさないためにも、電車で行くことにした。

病院でもらった薬を飲んでいるおかげもあるのか、あの日以来、頭痛には襲われていない。むしろ体調はよかった。

幸いなことに、電車は空いていた。普通車両でも座ることができそうだったが、とりあえず東京駅からグリーン車に乗った。二階の窓際の席に座ると、窓ガラスに自分の顔が映っていた。記憶の中の父によく似ている。

その顔を見ながら、三十年前に死んだ父のことを考える。自分の場合と違い、病気が見つかったときには手遅れだった。手術もできない状態だと言われて、余命宣告を受けた。

まだ大学生だったので、医者と両親との間でどんなやり取りがあったのかは知らない。

とにかく父は、自宅に帰ってきた。自宅で療養することになったのだ。そして帰ってくるなり、母と健に言ったのだった。

「いい人生だった。おまえたちのおかげで楽しかったぞ」

死を宣告されたのに、父は笑っていた。死ぬのが何でもないことのように笑っていた。

死は、平凡な出来事だ。世界規模で見れば、毎秒ごとに誰かが死んでいる。特別なものではなく、誰にも訪れるものだ。取り分け、親が子どもより先に死ぬのは平凡で当たり前のことだろう。

しかし、当時の健にとって、死は今よりも遠い場所にあった。それでも、やっぱり怖いものだった。

死ぬことが怖くないの？

父に聞きたかったが、質問できなかった。聞いてはいけないことだと思ったのではない。返事を聞く勇気がなかったのだ。

余命宣告を受けた三ヶ月後、父は死んだ。最期まで死に怯える様子を見せなかった。痩せ細っても笑っていた。

そんな父親の子どもなのに、健は震えている。笑うことはできそうもない。

座っていたせいか、昔のことを思い出していたからか、あっという間に君津駅に着いた。特急や快速が止まる割に小さな駅だ。ホームに人も少ない。時刻表を見ると、電車の本数も少なかった。

○

君津駅からバスに乗り、小糸川沿いにある停留所で降りた。東京湾に向かうこの川が、ちびねこ亭に行く目印だった。まっすぐ歩けば海に着き、奇跡を起こす食堂が見えるはずだった。

「分からなくなったら電話して」

琴子に言われている。子どもに心配される年齢になってしまったようだ。苦笑いしていると、「簡単な道でも迷うことがあるから」と娘に言われた。大人びたことを言うようになった。

だが、迷子になりようのない道だった。海に向かう川沿いの道は一つしかない。小糸川に目をやりながら堤防を歩いた。十分と歩かないうちに、海景が始まった。真冬の海は、音を忘れたように静かだった。釣り人も散歩している人間もいない。ひとけがなかった。

誰もいない砂浜を歩いていくと、白い貝殻を敷き詰めた小道があり、その先に、青い建物があった。琴子が言っていた通りだ。

「あれが、ちびねこ亭か」

そう呟き、目を眇《すが》めた。太陽の光を反射するほどに白い小道は、遠い過去へとつながっている気がした。

遠い遠い過去。

この世とは、別の場所。

死んでしまった人間が待っている場所。

そんなことを想像したからだろう。墓参りに行ったときのことを思い出した。東京の外れにある霊園では、父だけでなく母や結人も眠っている。

墓石に向かって話しかけても、死者は返事をしてくれない。だけど、ちびねこ亭では死者と話すことができるというのだ。

結人にも会いたかったが、それは無理みたいだ。理《ことわり》と言うべきか、決まりがあるらしい。

〝この世に来られるのは、今日だけだ。この時間が終わったら、たぶん、もう二度と現世には来られない。おまえと話すこともできない〟

琴子が、結人に言われた言葉だ。また、一人にしか会えないというルールもあるようだ。母のことも懐かしく思ったが、五十二歳で死んだ父と違って、ほんの五年前まで生きていた。会いたくないわけではなかったけれど、やっぱり今の自分と同じ歳で死んだ父の声を聞きたかった。

父に助けて欲しいんだと思う。大丈夫だと言って欲しかった。いくつになっても、子は親に助けを求めるものなのかもしれない。親になった今でも、親に頼る気持ちを持っていた。

「父さん」

自分が呼ばれるのではなく、そう呼びたかった。

◯

扉を押すと、カランコロンとドアベルが鳴った。そして声をかけられた。

「いらっしゃいませ」

予約をしたときの電話の相手の声だった。健を出迎えるためだろう、入ってすぐのところに、琴子と変わらない年ごろの若い男が立っていた。

「はじめまして。ちびねこ亭の福地櫂と申します。本日は、ご予約ありがとうございます」

電話で聞いたときよりも綺麗な声だった。好印象なのは、声だけではない。物腰が丁寧で、目鼻立ちが整っている。華奢な眼鏡をかけているが、それがまた様になっていた。

「娘がお世話になっております。父親の二木健です」

頭を下げて自己紹介をした。すると、櫂が恐縮したように自分以上に頭を下げた。

「こちらこそ、二木さん――お嬢さんにはお世話になっております」

飲食店を一人で切り盛りしているということもあってか、今どきの若者とは思えないほど腰が低く、丁寧な言葉遣いも板に付いていた。

「よろしければ、こちらの席にどうぞ」

窓際の席に案内してくれた。そこは、四人がけの広いテーブルで、海景がよく見える場所だった。空は青く、砂浜と海がどこまでも続いていた。

健は、ふうと息を吐いた。東京湾がこんなに美しいものだとは知らなかった。見渡すかぎり誰もいないこともあって、海を借り切ったような気分だった。琴子が立ち直ったのは、この景色のおかげもあるのかもしれない。美しい景色は、人を癒やしてくれる。

「で……では、ご予約いただいた思い出ごはんをお持ちいたします」

櫂がつっかえながら言った。一礼をして、厨房《ちゅうぼう》に入っていった。

ふと、その後ろ姿が緊張しているようにも見えたけれど、健相手に緊張する理由はない。きっと、口数の少ないタイプなのだろう。琴子もそうだが、口数の少ない人間は緊張しているように見えるものだ。

そんなふうに納得していると、思いがけないところから反応があった。

「みゃ」

今まで気づかなかったが、店内に猫がいた。茶ぶち柄の子猫が、壁際に置いてある安楽椅子の上からこっちを見ている。物言いたげな顔をしている。

ただ、何を言おうとしているのかは分からない。まあ相手は猫だ。何か言いたそうに見えるだけで、実際には何も考えていないだろう。

「みゃあ」

子猫がまた鳴いた。ため息をついたみたいな鳴き方だったが、それも健の気のせいだろう。

「みゃん」

今度は投げやりな感じで鳴き、どことなく面倒くさそうな動作で丸くなってしまった。子猫に呆れられた気分だ。

その横を見ると、古びた柱時計があった。まだ現役らしく、チクタク、チクタクと時を刻んでいる。

猫と柱時計。

それらを見ているうちに、忘れていた記憶がよみがえった。子どものころのことだから、今から四十年も昔の話になるだろうか？

健の家には猫がいて、古めかしいのっぽの柱時計があった。そして健は、今よりもずっと臆病だった。死ぬことに怯えていた。死んでしまうことが、怖かった。

小学二年生のときに、大好きだった祖母が死んだせいもあるのかもしれない。昨日まで一緒に暮らしていた人間が、もう二度と帰って来ないという事実を突きつけられて、叫び出したくなるような恐怖に襲われたことをおぼえている。

どうして、人は死ぬんだろう？

人はどこからやって来て、どこへ行ってしまうんだろう？

そして、いずれ自分も死ぬのか。生まれて初めて、死について真面目に考えた。

科学が発達した現代でも、死んだらどうなるのかの答えは出ていない。だから特定の宗教を信じてでもいないかぎり、各々が描く死後の世界がある。

健にとって、死はすべての終わりだった。パソコンの電源を落としたように、世界がゼロになる。真っ暗だ。

そんなふうに何もなくなってしまいそうなことが怖かった。永遠に続く闇を想像した。耐えきれずに、死にたくないと泣いたこともあった。両親に泣いて訴えたことがあった。母はやさしく頭を撫でてくれた。父は健を勇気づけてくれた。そのときに言われた言葉は、五十二歳になった今でもおぼえている。

怖がる必要はない。
親のほうが先に死ぬんだから、父さんが先に行く。
あの世に何もなくても、父さんはいる。
怖い場所だったとしても大丈夫だ。
父さんが、あの世でも、おまえを守ってやる。
怖い目には遭わせない。
おまえを独りぼっちにはさせない。

そう約束してくれた。

父ならば、本当に助けてくれそうな気がした。暗闇に閉じ込められたとしても、父がいれば怖くなかった。

だけど今度は、違うことが怖くなった。親が先に死ぬ――そんな当たり前のことが怖くなった。父が死んでしまうことを想像して、また泣いた。死んじゃ嫌だと涙を流した。

父は、そんな健に穏やかな声で言った。

「親が先に死ぬのは、怖いことじゃない。おまえが先に死んでしまうほうが、父さんはずっと怖い。母さんだって、そう思っているはずだ」

その意味は、親になってから分かった。結人を失って、もっとはっきり分かった。

でも、そのときは分からなかった。自分も死にたくなかったし、両親にも死んで欲しくなかった。永遠に一緒に暮らしていたかった。子どもだった健は、そう言いながら泣いた。

自分でも恥ずかしくなるくらい泣き虫だった。

大人になって人前では泣かなくなったが、今でも泣き虫だ。結人が死んだときも、自宅の浴室に隠《こも》って一人で泣いた。いつまでも、いつまでも泣いていた。

毎日のように、死んでしまった結人を思う。元気だったと琴子は言っていた。娘が言うのだから、本当に元気だったのだろう。

だが、あの世のことを考えると、頭が混乱する。あの世で元気にしているという言葉が難しかった。

健には、死ぬということが分からない。親にも子にも死なれたのに分からない。生きることだって分からない。

何も分からずに、半世紀以上も生きているのだった。

○

健の注文した料理を作る音が、食堂の席まで聞こえてきた。揚げ物を作る音だった。香ばしいにおいもする。下ごしらえをしてあれば、それほど時間のかかる料理ではないのかもしれない。

揚げ物を作る音が消え、厨房から櫂が出てきた。洋食屋で使うような銀色のトレーを持っていて、コロッケを盛り付けた大皿が載っていた。

「お待たせいたしました」

櫂は、またお辞儀をした。それから、テーブルに料理を並べた。小判形ではなく、注文通りの俵形のコロッケだった。二口くらいで食べられる大きさのコロッケが、大皿に盛り付けられている。

「千葉県のじゃがいもを使いました」

ちびねこ亭の主が、言葉を添えた。じゃがいもと言えば北海道産が有名だが、季節によっては手に入りにくくなる。その間は、千葉県産のじゃがいもの流通量が増えるのだった。コロッケは父の大好物で一年を通して食べたがるから、千葉県産のじゃがいももよく使っていた。

テーブルに置かれたのは、コロッケだけではない。二人分の取り皿。とんかつソースと練りカラシ。それに、瓶ビールとコップがあった。このビールこそが、本当の意味での大好物だったのかもしれない。

揚げたてのコロッケを食べながら、冷たいビールを飲む。父のお気に入りのメニューだ。

「これがあれば他に何もいらない」

口癖のように言っていた。しかし、コロッケなら何でもいいというわけではなかった。旨いと評判の惣菜屋で買ってきても、ろくに食べなかった。

「おれの口には合わんなあ」

と、首を傾げていた。母の作ったコロッケが好きだったのだ。そう。最期《さいご》まで好きだった。

病気が見つかった後、父は何日か入院しただけで自宅に帰ってきた。治る見込みはなく手術もできないので、在宅治療をすすめられたのかもしれない。現在でもそうだが、たいていの病院では長期入院よりも在宅治療が推奨されている。

在宅治療と言っても、何をするわけでもなかった。何ができるわけでもなかった。病院でもらった薬を飲むだけだ。

それも病気を治すためのものではない。苦痛を緩和するための薬だ。当然のように、病気はよくならなかった。少しずつ死に近づいていった。命を削るように痩せていった。骨と皮ばかりになってしまった。

衰弱すると、人間は食べることができなくなる。固形物が喉を通らなくなり、点滴に頼るようになった。それでも母はコロッケを作り、ビールを用意し続けた。毎日毎日、揚げたてのコロッケと冷えた瓶ビールを枕もとに置いた。

「母さんのコロッケは最高だ……」

声が出なくなる寸前まで、父は言っていた。

もう、コロッケを食べることも、ビールを飲むこともできないのに、そう言っていた。

三十年前の出来事を思い返していると、若い男の声が、健を現実に引き戻した。

「ごゆっくりお召し上がりください」

食事の用意ができたようだ。櫂は、一礼して厨房《ちゅうぼう》に戻っていった。茶ぶち柄の子猫は、安楽椅子の上で寝息を立てている。食堂には、自分一人しかいない。

思い出ごはんの予約が入っている日には、他の客を入れないことにしている、と琴子から聞いていた。


ここで父と会うのかと思いながら、テーブルに並んだ料理を見た。健は驚いた。母が作ってくれたコロッケにそっくりだったからだ。

それにしても旨そうだった。揚げたてのコロッケは、見るからに熱々で湯気が出ている。とんかつソースをかけたら、ジュッと音がしそうだ。

久しぶりに食欲を感じた。揚げ物を食べると胃が重くなることも多いのに、コロッケを食べたかった。

「いただきます」

子どものころのように手を合わせ、早口で言った。早く食べたくて気がせいていたのだ。いい年をした中年男とは思えない性急さで箸を伸ばした。

俵形のコロッケをつまみ、とんかつソースと練りカラシをつけて口に入れた。二つ割りにせず、丸ごと食べようとしてしまった。

火傷《やけど》しそうなくらい熱かった。はふはふと口の中で転がすようにしながら、コロッケを咀嚼《そしゃく》した。甘くて濃厚なとんかつソースがコロッケに染み込み、じゃがいもの甘さやサクサクの衣と混じり合っている。鼻にツンとくる練りカラシが、たまらなく旨かった。

テーブルには、冷えたビールが置いてある。瓶のまわりに水滴がついている。よく冷やしてあった証拠だ。

ゴクリと喉がなった。普段はほとんど飲まないのに、飲まずにはいられない気持ちになっていた。

医者に止められていたが、一杯くらいは平気だろう。自動車で来なかったのも、これを飲むためだったような気がしてきた。健は、コロッケに視線を落としたままテーブルの瓶ビールを取ろうとした。

しかし、取ることはできなかった。誰もいないはずの正面の席から手が伸びてきて、横取りするように瓶ビールを奪っていったのだった。

驚くより、何が起こったのか分からなかった。唖然《あぜん》としていると、男の声が話しかけてきた。

〝こいつは、おれのだ。子どもが飲むもんじゃねえ〟

すぐそばから聞こえた。ちびねこ亭の主の声ではない。くぐもっていたが、誰の声かはすぐに分かった。

思い出したのではない。三十年経とうと忘れていなかったのだ。健は、この声をずっとおぼえていた。

視線を上げると、白髪頭の男が正面の席に座っていた。

琴子から聞いた言葉がよみがえる。

思い出ごはんを食べると、大切な人に会えるの。

本当だった。

本当に会うことができた。

琴子の言葉を疑っていたわけではないが、こんなに簡単に会えるとも思っていなかった。

〝久しぶりだな〟

父が、くぐもった声で言った。正面の席に座っていたのは、三十年前に死んだ父だった。

○

若いころから白髪が目立つ人間がいる。野球のイチロー選手もそうだったが、父も三十代から白髪が増え始め、四十歳を超えたころには真っ白に近かった。染めることもなく、白髪頭を短く刈っていたこともあって昔気質の大工のようにも見えたが、実際には区役所勤めの公務員だった。ただ手先は器用で、年末になると正月用の注連《しめ》飾りを作っていた。その姿は、やっぱり職人のようだった。

三十年ぶりに会った父は、病気になる直前のころの姿をしていた。すると、今の自分と同い年くらいのはずなのに、もっと年上に見えた。

白髪頭ということもあるだろうが、それを差し引いても年嵩《としかさ》に見える。老けているというのとは、また少し違う。一家の大黒柱としての貫禄がある。自分にはない貫禄があった。同級生や同世代の同僚たちと比べても、父は大人に見えた。どっしりとしていて落ち着きがある。平均寿命が延びた分だけ、人は幼くなったのかもしれない。

〝何をぼんやりしている？　早く食べないと冷めるぞ〟

父に言われた。子どものころも、こうやって早く食べろと促《うなが》された。

もう食べたよ——そう返事をしかけて、はっとした。テーブルの上に、それを見つけたからだ。

〝コロッケパン？〟

さっきまでなかったのに、当たり前のように皿に載っている。しかも、そのコロッケパンは、過去に見たことがあった。

〝そうだ。おまえの好物を持って来た〟

〝持って来た？〟

聞き返しはしたが、健には誰が作ったのか分かった。思い浮かぶ顔があった。舌によみがえる味があった。

〝母さんが作ってくれた。健に持って行ってやれって言われてな〟

父は言った。やっぱり母が作ったコロッケパンだった。

子どものころの記憶が、また、よみがえる。コロッケパンを作る母の姿が思い浮かんだ。マザコンと言われても仕方がないくらい、母にまとわりついていた。だから、コロッケパンを作る姿も見ていた。

コロッケパンにも、いろいろな種類がある。例えば駅前のパン屋では、食パンを使ったサンドイッチ風のコロッケパンを売っていた。

でも、健の母は食パンを使わなかった。コッペパンに練りカラシを塗り、コロッケとキャベツの千切りを挟む。そこに、市販のとんかつソースをかけて完成だ。マヨネーズを加えることもあった。

懐かしさのあまり胸が苦しくなった。五年前まで一緒に暮らしていたくせに、母の顔を見たくなった。会いたくて泣きたいような気持ちになった。

〝母さんは……？〟

〝あっちの世界にいる〟

父の言葉は、それだけだった。説明を拒んでいるようにも、父自身にも分かっていないことのようにも思えた。あるいは、生きている人間に話してはならないことなのかもしれない。

〝結人は？〟

〝母さんと一緒だ〟

何も教えてくれなかった。健は、あの世で暮らす父母と結人のことを考えた。自分も、もうすぐそこに行くことになるのだろうか。手術が失敗に終われば、きっとそうなる――。

〝どうしていいか分からないんだ〟

気づいたときには言っていた。五十二歳の健は、五十二歳の父に弱音《よわね》を吐いた。妻にも娘にも言えなかった言葉を紡《つむ》いだ。

〝病気が見つかった。脳に腫瘍ができた。死ぬかもしれない〟

唇が震えて冷たくなった。声に出してみると、耐えられないくらい怖かった。死ぬことが怖かった。妻や娘と別れたくなかった。

父は、健の病気のことを知っているようだった。詳しい事情を聞くことなく、問い返してきた。

〝手術を受ければ治るんだろ？〟

簡単に言われた気がした。他人事のように聞こえたのだ。父親に甘える気持ちもあったと思う。健は、子どもみたいに言い返した。

〝失敗すれば、死んじゃうんだよ〟

五十二歳の中年の台詞ではないだろうが、我慢できなかった。涙が流れた。泣いてしまった。いい歳をして泣いてしまった。手のひらで目を隠すみたいにして涙をこらえようとしたが、涙は止まらなかった。

自分は、泣いている。何歳になっても親の前では子どもに戻るというが、小学生だったころのように泣いていた。

父がため息をついた。きっと、健に呆れている。五十二歳にもなって泣いているのだから当然だ。涙を流す自分を見て、情けないと思っているのだろう。

だが、違った。父は、そんなふうに思っていなかった。独り言を言うように、ぽつりと呟いた。

〝おれにそっくりだな〟

〝……え？〟

何の話をしているのか分からなかった。父の顔をまじまじと見ると、苦笑いを浮かべていた。

〝そっくり？〟

〝そうだ。気が小さくて、そうやって、くよくよするところなんぞ、おれにそっくりだ。そんなところまで似なくてもいいのにな〟

しみじみとした口調で言ったが、健は頷けない。

〝父さんが気が小さいって？　まさか〟

見た目はともかく、性格が父に似ているとは思えない。父に気の小さいイメージはない。くよくよしているところなんて見たことがなかった。

〝まさかなもんか。見れば分かる〟

また、意味の分からないことを言い出した。

〝見れば？　何を？〟

聞き返したときだった。窓の外から猫の鳴き声が聞こえてきた。

〝くにゃん〟

この鳴き方は――。

くしゃみをするような声を、健の耳がおぼえていた。ふたたび記憶の底に沈んでいた映像と音が浮かび上がってきた。こんなふうに間抜けに鳴く猫を知っていた。健が幼稚園児だったころに、我が家にいた白黒猫のチョビだ。

いわゆるハチワレ猫だが、ちょびひげみたいな柄が顔にあった。ちなみに、名前を付けたのは母だった。父にも懐《なつ》いていて、我が物顔で膝に載っていたおぼえがる。ただ、チョビがいつ家にやって来たのかの記憶はなかった。

家族みんなに可愛がられていたが、ある日突然いなくなった。猫は死ぬ前に姿を消すというから、あるいは死期が迫っていたのかもしれない。いなくなったチョビを、父と一緒にさがした。チョビの名前を呼びながら、まだ舗装されていなかった土手を歩いた。

何日も何日もさがしたけれど、チョビは見つからなかった。最後に会った記憶も曖昧なまま、どこかに行ってしまった。

会えるものなら、チョビとも会いたかった。鳴き声は外から聞こえた。そこにいるのだろうか？

健は、窓の外に目をやった。そして、それを見ることになる――。

○

死んだ父に会った。思い出の料理を食べたら、この世にいないはずの人間が現れた。それだけでもあり得ないことだが、序の口にすぎなかった。さっきまであったはずの世界が変わっていた。窓の外の景色が、すっかり変わっていたのだ。それは、自分の目を疑うほどの変わりようだった。

内房の海と砂浜がなくなり、その代わりに町があった。それもレトロな時代の都会の町だ。路面電車が走り、柳が風にそよいでいる。たくさんの人々が歩いていた。

この風景をテレビや写真で見たことがあった。東京都中央区銀座。昔の銀座だ。窓の外を都電が走り、舶来品《はくらいひん》を扱う商店が建ち並んでいる。

銀座を走る都電は、昭和四十二年（一九六七）に廃止されている。つまり、見ている風景は、五十年以上も昔のものということになる。

言うまでもないことだが、ここは千葉県君津市だ。銀座があるのはおかしい。ましてや昔の風景が見えるなんて信じられない。

奇妙な出来事を目の当たりにして、頭の中がごちゃごちゃになった。脳の配線がおかしくなってショートしそうだ。脳にできた腫瘍が、この景色を見せているのだろうか——。

〝父さん、これは……〟

問いかけようとしたが、その言葉は行き先を失った。ほんの一分くらい窓の外を見ていただけなのに、正面に座っていたはずの父の姿が消えていた。

真っ先に考えたのは、奇跡の時間が終わってしまったのかということだった。死者は陰膳が冷めるまでしか、この世にいられない。思い出ごはんが冷めると消えてしまう、と琴子から聞いていた。

父は、あの世に帰ってしまったのだろうか。落胆した気持ちでテーブルを見ると、コロッケはまだ冷めていなかった。熱々ではないけれど、手をかざすと温《ぬく》もりを感じた。

それなのに、父はいなくなった。

思い出ごはんに温もりが残っているのに、どこへともなく消えてしまった。

〝どうして？〟

健は当惑し、取り残された気持ちになった。父をさがしに行こうと、椅子から立ち上がろうとした。それを止めたのは、ちびねこ亭の子猫だった。

〝みゃ！〟

注意を促すような鳴き方だ。しかし、当の子猫はこっちを見ていなかった。安楽椅子の上に立って窓の外を見ている。

健は問いかけた。

〝どうかしたのか？〟

〝みゃ〟

返事をしたが、窓の外を見たままだ。じっと視線を送っている。突然出現した銀座の風景に驚いているのだろうか？

いや、そうは見えない。子猫は何かを目で追いかけるように、首をゆっくりと動かしていた。

父が外に出たのだろうか？　もしくは、チョビを見つけたのか？

〝何がいるんだ？〟

〝みゃ〟

ふたたび返事をしてくれたが、何を言っているのか分からない。子猫の視線を追いかけた。

するると、二つの人影が目に飛び込んで来た。男女の姿が、ちびねこ亭の子猫の視線の先にあった。

〝どういうことだ？〟

質問する相手など誰もいないのに、聞かずにはいられなかった。子どもたち——結人と琴子が、白黒写真のようなレトロな銀座の街角を歩いていたのだ。

しばらく二人を見ていたが、そのうち気づいた。

〝違う。結人と琴子じゃない〟

別人だ。雰囲気は似ているが、背丈や体格が違う。顔も同じではなかった。それにしても、よく似ている。父親が見間違えてしまったくらいだ。

その男女のことが気になった。さらに目を凝らして見た。穴が空くほど、じっと見て、ようやく二人の正体に気づいた。我が家に置いてある古いアルバムに載っている顔だった。

〝……父さんと母さん？〟

〝みゃん〟

茶ぶち柄の子猫が、頷くようにしっぽを振った。健の呟きを肯定してくれたみたいに思えた。

子猫の反応はともかく、間違いない。父と母だ。若いころの——たぶん、まだ二十代の両親が、銀座の町を歩いていた。

無声映画のように音は聞こえなかったけれど、父と母が何をやっているのかは分かった。離れた場所から見ているだけなのに、ちゃんと分かった。

二人は、昔の銀座の歩道で立ち止まった。父は周囲を気にしながら、指輪を差し出しプロポーズした。愛している、と口が動いたように見えた。

母は照れくさそうに笑い、その指輪を受け取った。私もです、と返事をしたように感じた。

こうして両親は結婚したのだった。

○

窓の外の無声映画は、さらに続いた。健は観客のように窓際の席から、自分の両親の物語を見ていた。

やがて場面が変わった。銀座の古い町並みが溶けるように消えて、健の知っている古い家――子どものころに暮らしていた家が出現した。ドラマを見ているように、家の中の様子が分かる。両親はいるが、一緒に暮らしていたはずの祖父母の姿はなかった。

その代わり、チョビがいた。しかも、なぜか、この猫の鳴き声だけは聞こえた。健の耳まで届いた。

〝くにゃ〟

猫の寿命が十五年くらいであることを考えると、まだ家に来ていないはずだが、父母と一緒に暮らしている。すっかり家に溶け込んでいた。

無声映画は進んでいくが、父が泣いている場面ばかりを映し出していた。健は、父が泣いている姿をずっと見ていた。

例えば、母が病気になったときには、おろおろと泣きながら看病し、そして病気が治ると、今度はうれし泣きをした。

母が妊娠したときのシーンも見た。父は仏壇の前で正座して、手を合わせていた。

思い出ごはんの力だろうか。それとも幻聴が脳に届いたのだろうか。父の祈りの言葉が頭に流れ込んできた。

妻が無事でありますように。

生まれてくる子どもが、無事でありますように。

それが、父の願いだった。朝に晩に手を合わせていた。仏壇に向かって一心不乱に祈っていた。

その姿は、意外だった。神頼みする父を見たことがなかったからだ。健の知っている父は、仏壇に手を合わせたことさえない。家族旅行でも寺社を避けていた。初詣《はつもうで》ですら、そうだった。

毎年、新年になると家族で近所の神社に行っていたが、父は境内に入らず、入り口のところで待っていた。

あるとき、健はそんな父を疑問に思って聞いてみた。

「お参りしないの？」

「父さんは、いいんだ」

それが返事だった。子どもだった自分は深く考えず、神頼みが性《しょう》に合わないのかと思っていた。けれど、間違っていた。父が寺社を避けていたのには、ちゃんと理由があった。

仏壇に祈る父の声が、ふたたび届いた。

妻と子どもが無事なら、自分はどうなってもいいです。

これから先の人生、神仏にすがることなく生きていきます。

一生に一度のお願いです。

どうか、妻と子どもをお守りください。

何度も何度も、同じ言葉を繰り返す。願を懸《か》けると言うのだろうか。先祖を含めた神仏に誓っていた。

そして、願いは叶った。健は無事に生まれてきた。母も元気だった。赤ん坊の自分を抱いて、父は泣きながら笑った。母の手を握って、ありがとうと口を動かした。

その後の人生で、父は誓いを守った。仕事が上手くいかなかったり、体調が悪くなったり、生きていれば神頼みをしたくなるときもある。

そんなときでも父は、神仏に祈らなかった。自分の病気が見つかったときでさえ、仏壇に手を合わせなかった。頑《かたく》なに神仏を避けた。旅行に行った同僚が買ってきてくれた土産のお守りも受け取らなかったくらいだ。

誓いを破ったら、神仏に自分の願いを口にしたら、健と母に悪いことが起こると思っていたのかもしれない。

死を悪いこととするならば、すべての人間にいずれ悪いことが起こる。健が二十二歳になった年、父は余命宣告を受けた。医者の説明を聞く姿を、健はちびねこ亭から見ていた。

その表情は翳《かげ》っていてよく見えなかったが、いつも、まっすぐに伸びていた背中が丸まっていた。

その翌月、父は仕事を辞めた。病気の進行は早く、そして容赦がなかった。わずか一ヶ月前に余命宣告を受けたばかりだというのに、父は立っていることさえ辛くなっていた。働くことはできない。

在宅治療の日々が始まったが、処方された薬を飲む他には何もしない。病院にも滅多に行かず、ただ自宅のベッドに横たわっていた。

健は、大学だかアルバイトだかに行っている。病気の父を見るのが辛かったのかもしれない。辛い現実から逃げていたのかもしれない。とにかく、このころの自分はあまり家にいなかった。

父のそばには、いつも母がいた。何を話すわけでもなく、寄り添うように一緒にいる。確か、昭和から平成へと変わった年のことだ。

父も母も、歌が好きだった。テレビでは、歌番組が流れている。二人は、それを静かに見ていた。

ずっとチョビの鳴き声しか聞こえなかったのに、一人の女性が画面に登場した瞬間、音楽が聴こえ始めた。

それは、美空《みそら》ひばりの『川の流れのように』だった。

音声のスイッチが入ったみたいに、父と母の声も聞こえ始めた。

〝いい歌ね〟

〝そうだな〟

夫婦の会話は続かない。もう話すことなどないのかもしれない。二人の間には、ゆっくりとした時間が流れていた。

この『川の流れのように』は、平成元年（一九八九）に発売された名曲だ。音楽を聴く趣味のない健でも知っている。美空ひばりの生前最後の作品としても有名だろう。

第二次大戦後の代表的な流行歌手であり、多くの人間に愛され、「歌謡界の女王」と称された美空ひばりは、同年六月二十四日に鬼籍《きせき》に入っている。享年五十二。今の健と、そして、父が死んだ年齢と一緒だ。

病魔に苦しみながら、美空ひばりは最期の瞬間まで歌い続けようとした。ブラウン管の中では、すっかり痩せてしまった美空ひばりが、黒い衣装に身を包んで『川の流れのように』を歌っている。

〝本当に、いい曲だ〟

父がまた言った。その頬は濡れていた。

○

美空ひばりの歌が終わるのを待って、母がテレビを消した。父を休ませようとしたのだろう。いつの間にか、父は眠っている。

母がテレビの電源を落とすと、同時に、見ていた窓の外が真っ白になり、両親の姿が見えなくなった。霧が出てきたのだろうか。窓の外は、濃い牛乳のような色になった。

両親のことが気にかかり、続きを見ようと窓に顔を近づけた。だが、何も見えなかった。諦め切れずにしつこく窓の外を見ていると、くぐもった声が飛んできた。

〝分かっただろ？〟

またしても驚かされた。ここは、本当に不思議な食堂だ。次から次へとびっくりさせられる。父が、健の目の前に座っていた。さっきまで窓の向こうにいた父と違い、病気の痕跡はどこにもなかった。

父は何の説明もせずに、昔の日記を読むように言った。

〝おれは臆病で、山ほど泣いた〟

話がもとに戻っていた。そして、その言葉は真実だった。過去を見てきた今なら納得できる。健が見ていなかっただけで、父はたくさん泣いていた。

〝父さんの泣いているところ、初めて見た〟

そう言うと、父は顔を顰めた。

〝当たり前だ〟

それから、ふたたび問うように言ってきた。

〝おれが泣いたら、おまえは困るだろ？　親が子どもを困らせちゃ駄目だ〟

迷いのない口調だった。ただ、父にかぎらず、我が子の前で泣かないように無理をしている親は珍しくないだろう。

健だって、結人や琴子には涙を見せないようにしていた。心配させたくないし、泣くことは恥ずかしいという思いもある。

でも、限界だった。

〝病気になっちゃったんだよ。死ぬかもしれない病気なんだ〟

言葉が漏れた。自分と同い年の父親に泣き言を繰り返した。

〝さっきも言ったけど、どうしていいか分からないんだ。怖くて怖くて、仕方がないんだ〟

〝それはそうだろう。怖いのは分かる〟

父は頷き、穏やかな声で言った。

〝心配するな。おまえは、まだ死なない。大丈夫だ〟

――大丈夫だ。

この言葉を聞きたくて、ここまで来たのかもしれない。思い詰めていた気持ちが緩んだ。親は、子どもに魔法をかけることができる。大丈夫だと言われるだけで、子どもは安心する。前に進もうと思えるようになる。

父が大丈夫だと言っているのだから、きっと大丈夫なのだろう。大丈夫に決まっている。自分はまだ死なない。やっと、そう思うことができた。

父さん、ありがとう。その気持ちを伝えようと、父の顔をまっすぐに見た。

〝……え？〟

健は、ぎょっとした。正面の席に座っている父の表情が険《けわ》しかったからだ。怒っているように見えた。

いや、違う。口を一文字に結んでいるので険しく見えるだけで、怒ってはいない。むしろ、目には同情の色があった。かわいそうな男を見る目だった。

しかも、それは健に向けられている。今までの人生で、こんな視線を向けられたことはなかった。間違いなく、父は自分を哀れんでいる。

大丈夫だと言われたばかりだが、それは嘘だったのだろうか？

嘘をつくような父ではなかったけれど、子どもを安心させるためなら、嘘つきにもペテン師にもなるのが親だ。健だって、結人や琴子のためなら嘘の一つくらいはついてみせる。

すると、やっぱり自分は死ぬのか？

また怖くなった。膝が震える。怯えた気持ちで視線を返すと、父がバカバカしそうに言った。

〝そうじゃない〟

健が何を心配しているか分かったようだ。だが、哀れむような視線は変わらない。いったい、何なのだろうと戸惑っていると、父に発破《はっぱ》をかけられた。

〝おまえには、これから大仕事がある。おまえじゃなきゃ、できない仕事だ。死んでる場合じゃないぞ〟

思わず身構えた。嫌な予感がした。自分の身に何が起こるというのだ？　病気が見つかる以上の事件が起こるのか？　怖いことが起こるのか？

〝そうだな。怖いことだろうな〟

思わせぶりな台詞に我慢できなくなった。

〝そんな言い方じゃあ何も分からない。はっきり言ってくれないか〟

〝はっきり言ってもいいのか？〟

真面目な顔で問われた。あまりよくなかったが、聞くしかないだろう。腹を据えて耳を傾けると、父がその名前を口にした。

〝琴子のことだ〟

今度こそ肝が冷えた。血圧が、急に下がった気がした。病気が見つかったときよりもショックだった。

ようやく結人の事故から立ち直りかけているのに、まだ不幸が起こるのか。娘が不幸になることだけは阻止《そし》しなければならない。

とにかく詳しい話を聞こうとしたが、父に先手を打たれた。

〝琴子は不幸じゃない。おまえが辛いだけだ〟

〝おれが辛いだけ？〟

意味が分からなかった。いつもはっきりと物事を言っていた父が、この話題にかぎっては、なぜか奥歯に物が挟まったような話し方をしている。

〝時間切れだな〟

テーブルのコロッケが冷めたのは事実だが、どこか逃げるような口調だった。ますます気になった。

〝おまえには緑さんがいる。何とか乗り切れるだろう〟

唐突に妻の名前を口にした。父とは会ったことがないはずだが、妻を知っているみたいな口振りだった。

〝おまえの百倍はしっかりしている。緑さんに任せておけば安心だ〟

丸投げするような、それでいて茶化すような口調だったから、深刻な出来事が起こるわけではなさそうだが、何が起ころうとしているのか健には想像もつかない。

〝父親はそんなものだ〟

またしても思わせぶりなことを言った。しかも、すでに姿が消えている。帰るつもりらしく、適当な感じで話をまとめた。

〝まあ、がんばれ〟

これで納得できるわけがない。あまりにも、いい加減すぎる。

〝父さん、ちょっと待って〟

呼び止めたが、遅かった。ドアベルが鳴り、ちびねこ亭の扉が開いた。冷たい風が、健の頬を撫でた。

〝できるだけ、がんばれ〟

最後にもう一度、適当な言葉を残して扉が閉まった。

○

カランコロン。

もう一度、ドアベルが鳴った。父が出ていったときに鳴ったのとは、別の音だ。音はくぐもっていない。窓の外には、内房の海と砂浜がある。やって来たときと同じ景色だ。健は、もとの世界に戻っていた。

途中まではともかく、最後のほうは何だったんだろう？

結局、父の言っていることが分からなかった。煙に巻かれた気分だ。どうにも釈然としなかった。

首を傾げて眉間《みけん》に皺《しわ》を寄せていると、入り口の扉が開いて人が入ってきた。それは、食事をしにきた客ではなかった。さっき話題に出たばかりの琴子が顔を出した。娘はすぐに健に気づき、心配そうな顔を見せた。

「お父さん、大丈夫？」

健の体調が悪くなったと思ったのだろう。琴子は不安そうだった。やさしい娘だ。いつだって父親である自分のことを気にしてくれる。

「もちろん大丈夫だ」

力強く聞こえるように言った。強くなければならない、と思った。

琴子の身に何が起こるのか分からないが、全力で守るつもりだった。命に代えても家族を守るのが、自分の役目だ。

とにかく娘を安心させようと笑顔を作ったときだ。櫂が緑茶を持って、厨房から出てきた。

その瞬間、娘の視線が健から逸《そ》れた。

「おはようございます！」

櫂に声をかけている。雇い主に挨拶をするのはいいが、琴子の顔は赤くなっている。目が潤んでいた。

「こ……二木さん、おはようございます」

櫂が応じたけれど、今、下の名前――「琴子」と言いかけなかったか？　健に気を使って言い直さなかったか？

ふと思い浮かんだのは、昔の銀座の町を歩く両親の姿だった。琴子と櫂の間に流れる空気が、プロポーズする前の両親のものに似ていた。

いやいや、考えすぎだ。雇い主と上手くやっているだけで、そこまで想像するのは中年男の勘ぐりだ。

そう自分に言い聞かせた。気を取り直して、娘とちびねこ亭の主を見た。やさしい顔で視線を交わしていた。見つめ合うような雰囲気だった。

もはや、健のことなど眼中にないみたいだ。少なくとも、琴子はこっちを見ようともしない。

……やっぱり、そうか。

呻《うめ》き声を上げそうになった。勘ぐりではなかった。娘の幸せそうな顔を見てしまった以上、否定することはできない。

琴子が結人の死から立ち直りつつある理由も、〝大仕事〟〝おまえが辛いだけだ〟という父の言葉の意味も分かった。分かりたくないのに、分かってしまった。すべてが腑に落ちた。

いずれ、この日が来ることは分かっていた。なるべく考えないようにしていたが、分かっていた。娘を持つ父親として覚悟していたつもりだ。

それでも、この状況を目の当たりにするのはショックだった。大ショックだ。

どうにか気持ちを落ち着かせようと深呼吸していると、またしても父の声が話しかけてきた。

〝娘の結婚式で泣くなよ〟

追い打ちをかけられたのであった。悪気はないだろうが、デリカシーもない。典型的な昭和の親父だ。

結婚っ⁉

呻き声が悲鳴に変わりそうだった。

……結婚。

いやいやいやいやいや、まだ琴子は大学生だ。結婚なんて、いくら何でも早すぎる。まだまだ先のことだ。絶対に早すぎる。

父の言葉を必死に打ち消していると、茶ぶち柄の子猫が鳴いた。

「みゃあ」

その声は、やっぱり同情しているようだった。

ちびねこ亭特製レシピ

コロッケパン

材料

・コッペパン　２個
・コロッケ　小２個
・キャベツの千切り　適量
・練りカラシ　適量
・とんかつソース　適量

作り方

1　コッペパンに切れ目を入れて、コロッケを半分に切る。
2　コッペパンの内側に練りカラシを塗り、キャベツ、コロッケの順番で挟む。
3　最後にとんかつソースをかけて完成。

ポイント

練りカラシの代わりにマスタードを使っても美味しく出来上がります。好みで、マヨネーズを加えてください。

光文社文庫

文庫書下ろし

ちびねこ亭《てい》の思《おも》い出《で》ごはん　ちょびひげ猫《ねこ》とコロッケパン

著者　高《たか》橋《はし》由《ゆ》太《た》

2021年12月20日　初版1刷発行
2024年2月20日　3刷発行

発行者　三宅貴久
印刷　萩原印刷
製本　ナショナル製本

発行所　株式会社　光文社
〒112-8011　東京都文京区音羽1-16-6
電話（03）5395-8149　編集部
8116　書籍販売部
8125　業務部

落丁本・乱丁本は業務部にご連絡くだされば、お取替えいたします。
ISBN978-4-334-79282-4　Printed in Japan

組版　萩原印刷

光文社文庫 好評既刊

落日悲歌 田中芳樹
汗血公路 田中芳樹
征馬孤影 田中芳樹
風塵乱舞 田中芳樹
王都奪還 田中芳樹
仮面兵団 田中芳樹
旌旗流転 田中芳樹
妖雲群行 田中芳樹
魔軍襲来 田中芳樹
暗黒神殿 田中芳樹
蛇王再臨 田中芳樹
天鳴地動 田中芳樹
戦旗不倒 田中芳樹
天涯無限 田中芳樹
白昼鬼語 谷崎潤一郎
ショートショート・マルシェ 田丸雅智
ショートショートBAR 田丸雅智

ショートショート列車 田丸雅智
おとぎカンパニー 田丸雅智
おとぎカンパニー 日本昔ばなし編 田丸雅智
優しい死神の飼い方 知念実希人
屋上のテロリスト 知念実希人
黒猫の小夜曲 知念実希人
神のダイスを見上げて 知念実希人
白銀の逃亡者 知念実希人
或るエジプト十字架の謎 柄刀一
槐 月村了衛
インソムニア 辻寛之
エーテル5・0 辻寛之
ブラックリスト 辻寛之
レッドデータ 辻寛之
エンドレス・スリープ 辻寛之
焼跡の二十面相 辻真先
二十面相 暁に死す 辻真先